孤立から連帯へ ――このアンソロジーを出すにあたって

代表　左子真由美

関西詩人協会で企画していた行事は今年初めからの新型コロナウィルスの流行により、やむなく全てを中止せざるを得ない状況になりました。そこで、今、私たちにできることは何かと問われたとき、運営委員会で討議を重ねた結果、本アンソロジーを出版し、世に出そうということになりました。

人類の歴史をひも解いてみると、言うまでもなく私たちはこれまで数多のウィルスと闘ってきました。人類と感染症の関わりの歴史は古く、旧約聖書のレビ記にもそれに触れた部分があるようです。中世ヨーロッパにおいて人口の3分の1が死亡したといわれるペスト、世界中で5億人以上が感染し、死亡者数が2000万人とも4000万人ともいわれる一九一八（大正7）年からのパンデミック（「スペイン風邪」）など。近年ではエボラ出血熱、エイズ、SARSの出現、また、鳥インフルエンザウィルスの流行など枚挙にいとまがありません。ある意味、人類の歴史的な節目に私たちは立ち会っていると言えると思います。

レビ記のなかの記載にも感染した場合「隔離しなさい」とあるようですが、ウィルスはその流行により結果的に人と人とを隔ててしまいます。ウィルスによらずとも現代は共同体が失われつつあり、人と人とは離れつつありますが。『ヨナ』というカミュの作品の中に主人公の画家が、長い孤独を経てやっとできたキャンヴァスを見せるというところがあります。ところが、その白紙の画布は一見して何も描いていないかのようでしたが、よく見ると小さな文字で一言だけ書いてあったそうです。「ソリデール」。ところが、その文字の「デ」は、「デ」とも「テ」とも読めるような変わった字で、人間はソリテール（孤独・ソリチュード）である時にこそ、他の人間とソリデール（連帯）になるという意味であったということです。

このアンソロジーが、今は孤立を強いられている私たち一人一人の明日への希望と連帯へと繋がることを願ってやみません。

目次

カバー

題字　孤浪難《コロナ》　中西　衛

写真　尾崎まこと

関西詩人協会 2020 緊急アンソロジー

いのちを抱いて歩もう

コロナを克《こ》えて！

散歩

青島江里

じっとしているのが
怖くなる午後は外に出たくなります

四角い部屋の外は
わずかな風が吹いて
木々が木漏れ日を揺らしていました

この世で一番小さな旅なのかも
ちょっとそこまで散歩するってことは

地図にもガイドブックにも
載っていない何でもないものが
おくびょうな人の心を
新しい日常に連れて行ってくれます

猫が散歩しています
犬が散歩しています
小鳥も空を散歩しています

豊かな公園の緑
入場券のいらない夢の入口
大空にまで
生きている声が弾けてゆきます

すれ違うすべてが
人生という旅のはしくれです
遠くもなく近すぎもないところに
こころを手招きしてくれます

散歩してきます
ちょっとそこまで旅してきます
見慣れた空はいつもより快晴でした

散歩してきます
ちょっとそこまで旅してきます
見慣れた空はいつも私を晴れに変えます

密集

秋野かよ子

鳥好きの少年は
鳥かごに三羽のセキセイインコを飼っていた
少し大きめの鳥かごごと抱いたり
自分だけ楽しめる場所においていた
鳥好きの少年は　鳥に餌を充分与えていた

少年の鳥かごに
毎年　三羽か四羽の雛が産まれた
少年はそれを育てることだけを楽しみにしていた

毎年増える鳥たちを
別の鳥かごに移すことを少年は体を張って拒んだ
少年の肉体と鳥かごと鳥たちが一体になっていた
かごの止り木も三本になった

毎年増える鳥は　とうとう三本でも止まりきれず
下を這うものは　時々変わり代わり止まりに飛んだ

それでも鳥たちは
少年の運ぶ餌を待ち望んでいた

ある時、止り木が混雑し　ひしめき合い一羽が死んだ
それから　わけもなく　死ぬ鳥が増えてきた
少年は　泣きながら死んだ鳥を立たせていたが　やがて
一緒に一つひとつに棒を立て　お墓を作った

少年に　命を伝えられず　伝わらず
やがて　鳥かごの鳥はその全てが死に
少年は　大きな鳥の館を願っていた
すでに　少年は鳥になって

歩きながら　鳩を捉え
しゃがんで　雀を手で抱える特技を得ていた
大きな鳥舎が造られるときまで　待って待って
青空をじっと見ながら・・・鳥を放っていた

むしばむ　―コロナ禍に思う

秋野光子

「サバクトビバッタ」の大発生が
一度起きると　七、八年は続き
一平方キロメートルの群れに
食いつくされる一日の植物の量は
百トンにもおよぶ

アフリカから遠く　この現象を
実際目にしたことのない　私が
このちっぽけな　地の一点に立ち
恐れ　畏れ
おののいて
うろたえている

「おののき」より一部引用

私がこの作品「おののき」を書いたのは平成七年七月のTV放映のニュースからである。

あの小さな生物昆虫によって人間の生活や生命までむしばまれるということに、驚愕と恐怖を覚え、心痛めたからである。日本は世界中でも災害の多発国として知られている。台風豪雨、豪雪、強度の地震、津波など、天から地から海から――と年中大きな災害に見舞われている小国である。が、しかし、今地球上の見たこともない広大な地域で、たかが「サバクトビバッタ」という虫によって、滅ぼされかけているのだ。

国連の「食糧農業機関」発表によると――エチオピア・ケニア・サウジアラビア・イラン・パキスタン・スーダン・オマーン・イエメン等々、根こそぎバッタの大群に農作物が食いつくされている。また、この被害は中東、南西アジアにも広がり、中国でも警戒している、というニュースが令和二年四月の読売新聞に発表されていた。過去七〇年で最悪の大量発生が生命をおびやかしているという。

私は思う。地球上に住めるだけの人間を残すため人間の知恵の及ばないところで、天の采配が働き、コロナウイルスのような、新たな世界大戦も起こされているのではないかと。

アベノミクスがアベノマスクに化けた日、涙　あたるしましょうご中島省吾

五〇〇円弁当屋
「甘えびを使っていないエビフライです。
ブラックタイガーを使っている
当店自慢のエビフライ弁当です。一度、ご賞味あれ！」
弁当屋のメニュー表の売り文句です
カシャ！（見事にブラックタイガーだ。衣も少ない）

二〇一九年に消費増税のころから
五〇〇円弁当は続きましたが、そ〜と
さりげなくさりげなく、メニュー表が新印刷に
ブラックタイガーの売り文句は書き込まず
エビフライ弁当五〇〇円のまま

二〇二〇年一月ごろ
たまたま、エビフライ弁当五〇〇円を頼んだ
カシャ！（甘えびだ）
妙に、衣部分が多すぎた。油ギッシュ

そして、二〇二〇年、コロナ元年に入る
春、自粛を迎える。貼紙が
「コロナのため、しばらくは閉店いたします」
そして、夏前、閉めたまま
一度も開かず、シャッターのまま、貼紙が
「御愛顧いただきありがとうございました
当店は閉業いたしました。〇〇弁当」

電車もラッシュなし。もう、笑うしかない
増税のころから、不況
あちこちで、財政難で確かに福祉は削減されて
老齢基礎年金も五万前後になって
みんな、苦しんでいた時代のはずなのでは？
財政難のはずなのでは？　自粛倒しで
自転車操業で保証なしでもみんなみんな
おそらくは限界までヤケッパチ
アベノミクスがアベノマスクに化けた日
狐に噛まれた、狸が太鼓を叩いている

渋谷スカイ

有馬　敲

マスクばかりが目立つ
新幹線東京行きの「のぞみ」に乗った
あちこちに散らばるビニールハウスの列
渋谷に着くと
スクランブル交叉点で
しばらく会わなかった忠犬ハチ公が
人混みの少ない交叉点で待っている

ずっと昔
東京に就職した兄貴をたずね
夜の女たちがたむろする界隈を
不良青年になってうろついたが
兄貴は軍隊時代の病気がたたって
六十歳前後で亡くなってしまったなあ

展望台エリアはすっかり晴れていて
屋上に出ると四方をさえぎるものはなく
真っ青な空を間近に感じる

通路を進むと
左側は全面がガラス張りで
街を行き交う人を眼下に望め
新国立競技場など遠くまで見える

反対側の壁には
カラフルなデーター画像がひろがり
スマートフォンの位置情報にもとづく人の動きや
ネットでつぶやかれた街のことばが組み合わされ
近未来感が演出される

今年九十歳になる俺は
二十七歳になる孫の結婚式にやってきた
林立する街の風景を展望し
杖もつかずに片脚を引きずって歩く
明日もきっと晴れになるだろう

（二〇二〇・四）

『2020年「詩と思想」詩人集』

自分を大切に

石村勇二

自粛要請があれば自粛する
不要不急の外出はひかえる
スーパーでの食料品の買物も
三度行くところを一度にする
外食は極力やめにする
酒も飲まないので居酒屋へは決して行かない

朝と夕　一日に二回体温をはかり
コロナにかかっていないことを確認する
人込みのなかではマスクを着用し
店にアルコールがあれば消毒し
帰宅すれば必ず手洗いとうがいをする

非常事態宣言も解除され
閉まっていた店も開き
少人数の集まりならしてもいいことになった
しかし街もわたしも相変わらずの
自粛自粛のモードで息苦しい

電車に乗って車両を見渡しても
マスクをしていない人が一人もいない

これぞ異常事態
鬼畜米英何するものぞ　一億総玉砕
寄らば大樹の陰　長いものには巻かれろ
決して戦争反対と言ってはいけない
そんな世の中に逆戻りしそうな予感

憲兵にさとられないように
今日もマスクをして
行かねばならないところ
行きたいと思うところへ行く

ゼロ

市原礼子

大陸の奥地
水量の多い河の対岸に
未知の人たちが現れた
男と女と子どもら
ボートで近づき
言葉のわかる者が話しかける
みじかい単語で会話する
彼らが見たこともないものばかり
子どものように質問を連発する
これはなに？
これはなに？
どうして？
どうして？

なぜ密林から出てこないのか
彼らは声をふるわせて答える
おそろしい
おそろしい
ただ　おそろしい　と
緊張がはしる
弓矢に手をのばす
それきり　姿をみせなくなった

奥地にはいまだに
文明に接したことのない人たちが
家族単位で存在している
政府はあえて接触しない
感染症を持ち込まないために

しかし　いまのいま　のはなし
わたしたちもおそろしい
ただ　ただ　おそろしい
文明の街では
家族でさえも接触をさけ
ばらばらになってゆく

B面

犬飼愛生

春が始まった

いつまでも終わらない夢みたいに
町のなかを小さく歩いて食糧を買った
遠くのビルからは拍手
東京は青くライトアップ
あの人のマスクは小さすぎて
あの人のマスクは大きすぎて
私たちは棒グラフになって
週末には画面の中で乾杯をする

子どもたちは日付を忘れて
暑い日にはTシャツを着て
どうぶつのいる森へ入って行った
大人はときどきニュースを見る事をやめた
足元に貼られた足型にぴったりとつま先をそろえて待った
二月の終わりを生きながら

聴いたことのない音楽の流れる春だった
まだこの世にないメロディー
どこから流れてくるのかわからなかったし
怖くて　家の中にとどまった
それで私たち、また画面の前で落ち合ったりした

さくらは可憐に咲いて知らぬ間に散ってしまったけれど
私たちは
B面のような世界を生きて
閉じていたとびらを開け放って
呼吸している

忘れないでいよう

井上良子

私たちは　いつのまにか　遠い沖にいた
岸を離れマスクをし　知らず知らず浮いている
今は　もう足も立てず
閉めだせるはずのゲートから　コロナは静々流れ込み
今はもうコロナの沖

忘れないでいよう

人と人の谷間を　しぶきあげ　憂鬱に流れ始めた頃
爺さんと婆さんの七月七日

長いことほっといたんとちゃいまっせ
会われへなんだんや
けったいな病気がはやってな
会いとうても会えなんだんや
この世でまた会えましたな
よう　きばっておしたなぁ

この盆まではもたないと　告げられた爺さん
爺さんと婆さんの　七月七日
爺の髪は伸び　婆はベットの爺を捜す
爺を見つけた　婆さんの一瞬のきらめき

忘れないでいよう

コロナの沖で見た　夜空の星々のきらめき
ジュゴンは群れなして　海にきらめき
ブッダの目が遥かにのぞんでいた　ヒマラヤのきらめき
ベネチアの運河は澄み　小魚の鱗のきらめき

忘れないでいよう

海のたった15％しか知らないという　私たちに
コロナの沖で　地球が一瞬ほほえんだことを

息をひそめ

岩井　洋

日々新しい疫病《ウィルス》の蔓延を眺めている

私たちは無力だから
宿主として疫病と付き合って
いかねばならないのだろうか

ワクチンの開発は間近だ
それまでは自粛だと呪文を唱え
宿主として疫病を拒否している人々もいる

自粛によって得られたのは
臆病ともいえるふるまいだったのか
疫病と付き合い克服する
新たなマナーだったのか

私たちの都市はあわや封鎖され

息をひそめ生き延びて
あなたと再会することができるのは

果たして、本当に私だろうか

見えないウイルスの恐怖

後　恵子

細菌より小さいウイルス
電子顕微鏡でしか見えない極小のウイルス
目に見えないウイルスがスマホにくっついたまま
触れたり飛沫で体内に入り
臓器の機能が急速に低下重症化して死ぬ

猛威をふるったペスト菌は
突然ある町に現われて消えて
何世紀もの間漂っていた
一九世紀終わりにペスト菌が解明されたが
二〇世紀前半に流行した町もある
散発的に起きた脅威の疫病

ＣＯＶＩＤ―一九は早々と遺伝子構造はわかっている
ワクチンか治療薬ができるまで
世界中でどれだけの死者が出るだろう
消毒液で殺そうと
ウイルスのいないところまで拭きまくる

人類滅亡は戦争でなく
ウイルスか細菌だと言った人がいる
簡単に世界を駆けめぐることができる今
感染力の強い猛毒なウイルスが飛び込んできて
短い期間で死に至るなら
賢い人間が薬を創る前に
人は絶滅するだろう
ＳＦ小説が書けそうな展開

人との接触を避ける期間が長くなると
心身に歪みが出てくる
人は支えられて生きていくもの
長い巣ごもりで筋力が落ち歩きが鈍い
会話がなかったので声がかすれ気味
頭の回転も遅くなった脳の劣化
高齢者の弱点が急速に悪化してしまった

明日

内田　縁

花柄のマスクは
針仕事をせずにはいられなかった女性《ひと》から
わたしの手に渡されて
毎日　まいにち洗う

洗面器に湯を張って
マスクをそっと洗えば
子供の頃に手を使って
洗濯をしていた時の手先の動きを
わたしの手は忘れていなかったことに気付く

こんなに
明日がわからない
こんなときに笑ってなどいられないのだが
わたしの手が覚えていたことに
クスリと笑う

花柄のマスクは
洗面器の中で
赤や黄色の小花のように
ゆれてゆらされて
私の手に明日を連れてくるようだ

コロナ禍だからこそ　美術館へようこそ！

内部恵子

どんなに発達した社会でもカタストロフ（大惨事）を避けることはできない。この未曽有のコロナ禍を最初は侮っていたが、94歳になる母の濃厚接触者でもある私は覚悟して長期に亘る自粛生活に黙々と甘んじた。集う、歌う、朗読する、会食する等の機会は尽く消え去った。

そんな時、国立国際美術館での乳幼児とその保護者を対象としたプログラム再開の打診があった。昨年から関わってきた活動だ。親子で美術作品と関連した絵本の読みきかせを聞いた後で、本物の美術作品を見て楽しむ。絵本を前にして生まれる親子の自然なやり取りを、美術作品でも楽しんでもらおうという企画だ。

美術館では展示室内の会話は禁止だが、一・五ｍの間隔を保持すれば鑑賞はできる。実施可能なプログラムの在り方を皆で考えた。当日は広い講堂で、フェイスシールドを装着しての絵本の読み聞かせとスクリーンに映した作品のトークをし、その後は展示室でのギャラリートークはやめ、親子で作品鑑賞をする流れで実施した。

結果は良いものだった。親に語りかけられながら絵本や作品をじっと見つめる子ども達の満足気な表情、我が子を見守る親たちのゆったり寛ぐ姿に安堵した。

乳幼児期は五感を育てる時期である。子ども達の「ひと」「もの」「こと」と関わる体験が子どもたちの感性を豊かにする。美術館には色・形・雰囲気の異なる様々な作品がある。言葉を話せない乳児は、気になる作品と出会うと、目を見はる・喃語を発す・指差しする・手足をばたばたさせる等、様々な方法で自分の気持ちを表す。言葉を持つ幼児はこれまでの生活体験と重ね合わせ、作品の見えているものから見えないものを想像し、思ったままを言葉にしていく。

コロナ禍では、先ずは生活ありきで美術（芸術・文化）は後回しでは？　と言われるかもしれない。でも乳幼児にとっては、いま生きているこの時間こそがかけがえのないもの。出かけないで、話さないで、触らないでと、外界との交流を否定したり息詰まるような我慢を強いたりするだけでなく、いまできることを模索せねばと思う。

禍

遠藤カズエ

世界の〈太陽〉を豁った新型ウイルスは
人々の生活様式や心までギザギザにした

顔はマスクで覆い
表情は読みとれない
いつの間にか言葉も少なく
某国の女性のように
親しい人しか素顔を見せなくなった

集うことを自粛し
目の前のあなたと距離を置き
してはいけない
Shakehands

気がつけば季節は巡り
虫の聲が響き
コスモスも咲いている

見上げる空は高い
私は医療従事者に感謝をこめて
私の言葉でバウンドしても構わないと投球する
あの雲の向こうに
もうすぐ虹が見えるはず

怖いウイルス

大倉　元

志村けんさんはドリフターズの人気者
NHK朝ドラの「エール」で渋い演技
志村さんはじめ千数百名（9月15日現在）の方々が
新型コロナウイルスの犠牲になられた

肉眼でみることが出来ない物ほど怖いものはない
その典型は人間の体の中で暴れるウイルス
世界の人々はこの目に見えないウイルスに怯えてきた
今はその大将格が新型コロナウイルス

過去においてもウイルスは人間社会を敵にして暴れた
100（大正10）年程前に流行したスペイン風邪
世界でおよそ4000万人が亡くなられたとか
そのスペイン風邪がどのようにして
僕の古里の祖谷にまで侵入したのか
それも祖谷の奥の奥　東祖谷村でのこと
スペイン風邪のウイルスは東祖谷の幼い3姉妹を襲った

11歳の姉は4歳の妹を背負い7歳の妹の手を引き
山裾のお医者に診てもらいに行った
「お医者さん何て言ってた？」7歳の妹が聞いた
その時に見た桜がそれは　それは美しかったと
姉のお子さんの話では二人の妹さんは亡くなられた

1952（昭和27）年　僕の家の出来事
親父と長兄が赤痢に罹り隔離された
家は白い粉で消毒された
戦後の衛生状態が悪い頃白ずくめになった
幸いにも親父と兄は残りの人生を全うした

新型コロナウイルスは人々の笑顔をマスクで閉じ込めた
手洗いに　うがいと衛生面の重要さを人間に習慣づけた
新型コロナウイルスよ　覚えておけ
もうすぐ人間の力はお前たちを撃退する薬を手にしよう

コロナ感染を疑われ　大西久代

猛暑の続く八月、体調を崩した娘のために広島のＦ市に行った。その日の夕方から気分が悪くなり、夏バテだろうかと、近くのクリニックを訪ねた。熱はない！　保険証を見た医師が「大阪から来た人は診られない、救急センターへ行くように」とビニールシートの向こう側から声をかける。待合室からも追い出され、駐車場でタクシーを待つ始末。夜になり再びタクシーで救急センターに行くも、中には入れてもらえず、問診票は外で書かされた。夜とは言え、熱気の残る建物の外は待つだけで体にこたえる。看護師が裏口から入るようにと告げに来る。

　そっと入った部屋には、防護服を着た看護師がいて、食事は取れたか、体の痛みはないか、等聞かれる。椅子に座っているのも辛く、壁に体を支えて待っていると、やっと医師から点滴の指示がでた。

　幸い翌日寝ているだけで体調は回復した。大阪から来た！　と言うだけでこのような扱いを受けるとは心外である。だが、ここまでしなければ、新型コロナウイルスの感染拡大は防げないということだろう。

　私たちは何によって、この社会と繋がりを持っているのだろう。日々のニュースを共有することにより、共同連帯性ともいえる幻想の中を生きているのではあるまいか。ひとたび現実へなだれ込んでみると、小さな亀裂が憎悪として個人に襲ってくる。もはやこの社会は「包摂性」を失くしてしまっている。個としての存在の希薄さ、地域社会の結びつきのなさ、社会的な所属場所さえ分断しているのではないだろうか。コロナ感染が社会に及ぼす影響は大きいが、それでももっと寛容でいられないものだろうか。八月三十一日の朝日新聞に次のような記述がある。「感染者の多い地域からふるさとに帰った人が、帰省した事情などお構いなしに批判される事例も見られた」。私だけではなかったのだ。

　未だに収束の見通しがつかないコロナに対して、私たちはどう生きるべきかを改めて考える時だ。

一人の女が死んだ

岡本真穂

女は唄う
フットライトを浴びながら
黒いドレスに　真紅の口紅
貴方は　私をみつめる
私は愛の唄に魂を込めて唄う
　愛しているの行かないで、行かないで
唄が終ると拍手の渦
私は作り笑顔でステージを降りる

女は唄う
グラスに溢れる程の酒を片手に、ピアノに
もたれ唄う　本当の愛は何処
そのほほえみは何
私は今夜も唄う　愛はすばらしいと
私が愛した男は　私の身体をむさぼり
もう一人の女には誠実な夫の顔を見せていた

女は唄う
私にほほえみかけないで、私の胸に手を入れ
私のふるえを待たないで
貴方はやさしい顔をして私の肉体の修羅場で遊ぶ
私は唄う
溢れる酒を片手に持ち　ピアノにもたれ
人生の悲しさ　よろこびを唄う
でも　それもうたかた
世界は　こんなちっぽけな私の唄う場所さえ
さらっていった
私は唄う
誰もいないステージの上で　溢れる酒を片手に持ち
ジュテーム　ジュテーム
ジュテーム　ジュテーム………
アデュ――　細い左手の指先から白い真珠のような玉が
真紅の口唇にこぼれた

ウイルス感染

岡本光明

（一）

死ぬ　ことは
事実であっても
自分が　死んでいる　と思う　ことは
思い込みであるが
ありうる　だろう

ウイルスに感染する　ことは
事実であっても
自分が　感染している　と思う　ことは
時に　思い込みであるが
ありうる　だろう

自分は　ウイルスに感染しない
と　思う　ことは
事実ではなく　思い込みであるが
ありうることであっても　あまりに
ありえない　ということになる　だろう

（二）

戦争は　人間を滅亡させる　ことも
ありうる
特に　核を使った戦争は
人類以外の多くの生物も滅亡させる　ことが
ありうる　だろう

悪性腫瘍や心疾患や脳血管疾患は
人類を滅亡させる　ことは
ありえない　だろう
交通事故も　人の数が少なくなれば減るので
人類を滅亡させることは　ありえない　だろう

ウイルス感染は
人類を滅亡させる　ことも
ありうる　が
戦争と同じ　とは
あまり　ありえない　だろう

ああコロナ　――まじめなニホンジン

奥村和子

ソーシャルディスタンス
そないむつかしコトバ言わんでも　心配いりまへん
道でとなりの人と会うても
微妙なスマイルしてお辞儀するだけ
口角とばすような政治談議などしまへん
暑いでんなあ　どちらへ　程度のさしさわりのない話
家でも　もともと妻や子と話しまへん
ましてや抱き合うなんて　濃厚接触ナシデス
マスクせえ言われたら
少々息くるしても　熱中症で倒れてもはずしまへん
人と出会わん田舎道を歩いていてもはずしまへん
子供たちも先生に言われたとおりはずしまへん
お上の言わはることに従順なのは遺伝子でっしゃろか
いや　なにより世間の目がこわいのです
自粛警察とやらも出没してるしね
街には　フェイスガードサングラスマスクの宇宙人
誰が誰やら　こないだも
嫁はんを隣の奥さんとまちごうてしもうた

コロナウィルス防御には手洗いがいちばん　と
手洗いはお手のもんです
水にながすのは得意芸でっしゃろ
洗いすぎて手の皮むけてしまいました
ＰＣＲ検査せんでもなんとか
欧米より重症化率少ないとお上はいばってはりますが
わしは毎朝　味噌汁納豆キムチ食べて
ウィルスをやっつける腸の善玉細菌を育ててます
アジア食文化圏　発酵食品による免疫の療法ですわ
もちろん晩酌は日本酒をちびりちびり
年寄は出たらあかん、家で巣ごもりせえ　と
自粛や自粛や　とやかまし言わはるけど
おかげで筋肉よれよれ
孫の顔も認知できんようになったまじめなニホンジン
わしの自粛は　田舎のきれえな空気すいこんで歩くこと
小鳥の声ききながら金剛山や二上山を登ることや
ああコロナウィルスはん　撃退はむつかしそうやけど
どうぞ　お手やわらかに

アベ時代

笠原仙一

悲しいかな
豊かで平和だったこの国は
今では醜い浮き世の鬼どもが支配して
悪意がはびこり　格差が拡がり
傲慢強欲　嘘と忖度　御用メディアに充ちた
ファシズム国家に変えられてしまった

結局　コロナ様のお陰で
一味の正体が暴かれたのだけが救いだが
それでも鬼は首をすげかえ　更なる悪行三昧
沈没寸前のこの国の崩壊の危機は
更に深まるばかり

我ら　自由平等平和を愛する日本国憲法人
これからどう生きていったら良いのかと
何度も何度も自問するが　やっぱり
天変地異やコロナ様に喰われないように用心しながら
原点に戻り
一味でも手が付けられなかった我らのロマン
日本国憲法の心をさらしに巻いて
希望の未来を指し示し頑張るしかない

熱い胸と冷たい頭と逞しい腕で
家族や友　仲間とともに
助け合い励まし合いしながら
真面目に誠実に　そして明るく楽しく
このアベ時代を乗り越えていくしかない
一日一日を精一杯生きていくしかない
こんな単純なことが　今は一番大切なことなのだ

ああ　暑かった夏もやっと終わった
澄んだ虫の音が聞こえる
空は秋空　友は田んぼで稲を刈っていることだろう

パンデミックに向かい合う
――倫理、人間、世間、存在　…和辻哲郎

梶谷忠大（予人）

五月の空を元気に泳ぐ鯉のぼりを今年はほとんど見掛けなかった。やはり、新型コロナウイルス感染予防や緊急事態宣言による自粛生活が、鯉幟の竿を立てるという心の余裕を失っていたのであろう。ここ高槻市の芥川でも何百匹もの鯉のぼりが川風を受けて泳ぐ景が恒例となっているのだが今年はどうだったろう？　私の脳裡にはっきりと浮かぶのは、四国四万十川の上空を泳ぐ鯉のぼりの勇壮な姿である。

鯉のぼりいづくの空に泳ぐやら　予人
かくあれと紙の兜やこいのぼり　同
パンデミックあつけらかんと白木蓮　同
パンデミック御法度になる花の宴　同
独り居の茶碗桜の宴かな　同
パンデミック行方も知らに花は葉に　同
パンデミック無い無い尽しの春暮るる　同
裸子の見えぬ学校プール閉づ　同
マスクみたい少女指さす片白草　同
鹿せんべい呉れる人無く春の鹿　同

地球環境がこれほど難しい時代があっただろうか。もちろん、文明がこれほど発達したグローバルな時代において。地球温暖化の課題は、対策にしろ、実効あらしめるに掛かる時間にしろ、容易な問題ではない。それが今回の未曽有の降水量とその速さである。私も訪れたことのある愛すべき大河が氾濫し、街や村が浸水した。それも新型コロナウイルスのパンデミックが収まる気配もなく真夏の感染拡大まで危惧される状況下に於いてである。このような地球環境の中で、季語を含み世界最短の詩であるわれらが俳句に、深みと説得力と抒情を湛えた表現をもり込むことが出来るであろうか。

あの日あの時*

かしはらさとる

真夏の　昼前の木立を
ミンミンとおおいつくす　セミの声
ミンミンと　こころの奥底へ
忘れ得ぬ　想い出へと

ごった返す駅舎
雑踏とまじりあうセミの声は
ジャージャーと　やかましい　いつになく
顔を近づけても　やさしい声が聞きとれない

出発間近かの列車
はば広のあかいたすきをかけた男が
車窓から身を乗り出す
眠りつづける赤んぼをさし出す　若い母親
男は　笑いながら赤んぼのほっぺたをつつくと
ひと言ふた言　ささやいて

車窓を閉じた
動き出す列車
入って来る列車は　歓声につつまれる
小旗を振りながら　すれちがう人々に
時が　無慈悲に刻まれる
鮮烈な光と轟音が　駅舎も人々をも　焼きはらった
生きとし生けるものの　愛の心までも

＊一九四五年八月六日早朝　軍医の父は帰郷する傷痍軍人を見送り広島市駅にいた。直後駅を離れ難を逃れた。

地球の夜想曲

柏原充侍

もし　残酷な疫病がはやっても　生きる勇気がありますか
もし　世界が滅ぶとしても　最後まで生き抜く自信がありますか
冬にはじまり　春にさくら吹雪とともに　夏に蝉が叫んでも
夜になって　コオロギがうつくしい　音色を奏で
お年寄りは　寝息を唱える
やがて　朝　夏の　いのちの光り輝く　希望の祈り
毎日のように　仕事に追われ　人生に
時として　やさしく　時として　つらくても
あなただけのもの　そう〈いのち〉はあなただけのもの
たとえ　疫病がはやり　悩んでも　つらくても
夜になれば　また　夜想曲を奏でる
もういちど　言いたい

「また　貴方を愛していいですか」

マスク

方章子

――あなた！　と声がかかる
どうした？
――どうしたもこうしたもないわよ
　早く薬をもらいに行かないと
うん、解った　行ってくるよ
家を出た途端　猛烈な暑さ
うへ！　こりゃ駄目だ

――あなた　出掛けたのとちがったの
そうだよ　出掛けようと飛び出した途端
この暑さだ　体温より高い気温　それに
コロナだとかでマスクをしないといけない
マスクをしていないと　行交う人から
冷酷な眼差しで見られ　敬遠される
かたや熱中症に注意せよとか
どうするんだ！
マスクをしてもしなくても
コロナか熱中症で死ぬということか
そんなことを思うと
つい引き返してしまったのだ
――馬鹿言っている場合じゃないでしょ
　今日服《の》む薬はありませんよ
じゃ、思い切って行ってこよう
　と飛び出すとまだ外はもとのままの酷暑
うへ！　とまた戻る
――あなたどうしたのよ　意気地なしが
いやな、お薬をもらいに出て途中で死んだなんて
なにをしているやら
お医者さんに申し訳ないよ　だから止しました
――へらず口ばかりたたいて
　知りませんからね……

夏の夜店

加藤千香子

目で見るのではないのに夢を見るという
脳波を測るのに頬骨に電流をあてる
そこで目の動きをとらえるのかどうか
年とると夢も季節もバリアフリーに
ゆめの先に釣糸など垂らさないで
私の脳波はひどい休み方
七分に一度はゆっくり眠っているのに
倒れず調節しながら遊びながら働いている

39度という炎天
生物なら億年かけて進化するというのに
宿主から宿主へ風にのり　人の吐く呼吸にのり
何かのせいで動きまわりはじけているさま
人間の持つ殺意などゆめゆめなく
夢見るという目も脳もなくずんべらぼう
老人子供みさかいなく戦争より大勢の殺人魔
此頃　誰もが四六時中　白くおおっている鼻と口

それいらないのと進化のたまえば　やれ恐ろしや

動物も人類も刺し違えて死ぬなど
心中のまねする程　粋ではない
死に際　しゃっくり　咳くしゃみにありついて
たまたま外に出られたものは　また蘇える
意志目的もなく　他人のせいにもせず
その都度身を変えて強くなる　薬ワクチン後の祭
夢の宇宙では炎天でも熱中症はおきない
コロナ世界は現実でも夢でもない別次元
生も死もある不思議なはざま
春は花の香　秋は紅葉　冬雪景色

夏の夜店
浴衣の背に団扇さしだれもが冬つけるマスクして
異様なW季節を　もう一つ

なんばウォーク

加納由将

いつまでも一人だった気がする
洞窟をお散歩
にぎやかだった通りは
閉ざされた地下街が続いていく

足音さえ聞こえず
水滴の音もなくなっていた
なのに
真っ暗でもなく
非常灯はついていた
どこからか
冷気さえも
感じる
車椅子も苦もなく
走れるのに

ドアを開けると
誰も座らないカウンター
埃だらけの
スツールが
もう歌詞さえ映さない画面に映っている
出口は塞がれているが
店はどこまでも続く気がする

気が付くと名画の複製が
照らし出されている
ぼんやり見ていると始発の発車メロディーが
聞こえている

生きて

香山雅代

宙の　舌端へ

豊かな　ことばを
増殖しながら
時を　紡いでいる

起きていても
休憩《やす》んでいても
退屈な時間

千日の稽古を　鍛
万日の稽古を　錬　と称したというが
千日は　石の上にもと同じ　約三年
万日は　その十倍の　約三十年か

危機を孕んだ空間を　増殖する
淋しい空間に

たとえ　明日へと
明るく
つづいていたとしても

間断なく　生気を吐きつづけて
眠りつづける人の傍に
横たわる　大河
緑を　敷きつめ　休むことなく
脈を　搏つ

一点の　雲を　浮かべ
翩ぽんと　拡がる
彼方の　空へと　放たれ

ねがわくば
生きて
生き抜いて

明るい方へ伸びていく未来信じて

河合真規子

平和ボケ日本の中にいてうっかりしていた。命は何よりも大切にされるものだと思い込み安心していた。しかし先の戦では、わが国でも多くの命を奪う施策があり、世界では今なお紛争が絶えることはない。突然やって来たコロナ禍…国のリーダー達の命に対する鈍感さ緩慢さ不公明さに驚き呆れ、不安が緩和されることはなかった。

しかし信じられることはある。真の豊かさ強さ優しさを示してくれる人々の智恵を。やむなく休業の町の本屋…人々にとって本も生きるに必要なものと、パン屋が仲介に入って注文を取り、パン屋で本も売ることに…これは一例パリでの話だが、世界中に尊いことは沢山ある。

新芽が若葉にそして新緑になる…蕾が日々育まれ花を咲かせる…命輝く季節のコロナ禍自粛期間を、私は今年も蝶と暮らす。草木よ、花々よ、虫達よ、やっぱり君達はすごいねぇ。太古の昔から、迷わず、命を繋いでいくことだけの為に生きている。

そんな輝く命…『ここにいた』

命の美　揚羽蝶幼虫が作った　葉っぱの造形
かじってかじってじっとして　ひたすら脱皮を繰り返す
命の不思議　糸をはき自身を固定する
蛹になったらもう動かない　しかし体内では
ドラマチックな大変身が　始まっている

蝶は自分で生まれる　誰の助けや祝福がなくとも
一生懸命殻を割り　羽を休めて広げると
幼虫の記憶を私の裡にだけ留めて　美しい揚羽蝶の誕生

飛翔　この時が来た　風を感じて　高く高く
蜜柑の香り残したまま　突然動かなくなったあおい彼
最後のところで羽開けず　逝ってしまった若い彼女
命を繋げなかった彼らの分も　高く　高く　高く

その輝きに心うたれ　儚さに心で号泣
無心に真摯に生きる　その姿
ああ、もの言わぬ命が　こんなに愛しいとは

疫癘《えきれい》の矢

川本多紀夫

背中に箙《えびら》を背負い
銀の矢を持つ
太陽神であるわたし　アポローンは
瞋恚《しんい》の思いに耐えかねて
ここに疫癘の矢
目には見えない遠矢を放つ

わたしの瞋恚が何であるかは
つね日頃の所業を思えば
人類自らが知ろう

瞋恚がいつまでつづくかは
供えられる犠牲
悪疫による死者の数が満ちるまでだ

このままひたすら耐える他はない
土により形作られたにすぎぬものよ
顧みて自ら慎めよ　その上で

医神アスクレーピオスの神殿に仕える
神官を通して下される
神託のときを待て

わたしを少しく
知りたく思うものは
来たるべき皆既日蝕の日

燻す煙で聖別をした
すりガラスの眼鏡を用いて
周りにおびただしい
コロナの光輪をまとう
真っ黒な恐ろしいすがたの
素顔を見るだろう

パンデミック・ドリーム

北口汀子

不快な夢だった

通勤の為に電車に乗り込んだ私は
扉に向かって立っていた
車内は空いており
立っている人もまばらだ

不意に咳き込む人があり
振り向くとその人は
苦しそうに前屈みになっている
その人は私だった

私は急に息苦しさに襲われ
喉は焼けるように痛み
咳が止まらない
涙もあふれてくる

通勤電車の利用は禁止され
車通勤を命じられたのに
何でこんなところにいるのだろうか？
頭の中で疑問がバチバチと爆ぜる

目が覚めると
ひどく汗ばんでいた

一息大きく不快な想念を吐き出し
車に乗り込み
駐車場を出る
すぐに国道へと出ることが出来た

車は時速六〇キロで走っている
気付くと私の身体は車から置き去りにされている
運転席が空のまま
車は左カーブを曲がり切れずに直進する
私は歩くほどの速さで滑るように車に向かっていく

その日のために

北村　真

「マッ、マ、マン」「マンマ、マンマ、マン」「ママ、ママ、マン」ことばは、母の、美しいくちびるのうごきをまねて、うまれてくるのものだから。

逝く人のまくらもとには、届け忘れた手紙のように、ことばが、折りたたまれているから。

煮え立つことばを、ぶちまけてしまいそうになるのは、きっと、ことばが、肉体を持っているからだろう。

畑を耕す手を休め、「おかえり」といった母の、香ばしいことばを、今もわすれない。

笑顔でつつんだ悲しみの人に、ことばを手渡すための、二人だけの距離と、あなただけの声のかたちがある。

マスクのことばは寂しい。マスクにとどめおいたことばは苦い。パーテーションで遮られたことばは透明だ。枠の中では､ことばに枠が張り付く。だから､コロナの日々にこそ準備されることばがある。

その日が来たら、白い布を取り、唇を風にさらし、ことばをひかりに放そう。マスクをつける前よりも、はがした後の、いっそうみずみずしいことばのために。

大きく揺れながら、自転車をこぐ少年が、坂道をのぼってゆく。待ち続けるその人のいるところへ。伝えなければならないことばを届けに。

コロナの夜明け

紀ノ国屋　千

惑星天体地球は四十五億四千万年前誕生した。地球史の最先端の今、僕らは累代顕生代・新生代第四期完新世の最先端期に暮らしている。ここへ来て「完新世」を終わりにし、「人新世」に変えようという提案がされている。フロンガスによる、オゾン層破壊の研究でノーベル化学賞受賞者パウル・クルッツェンや藻類生態学者のユージン・ストーマーが二〇〇〇年刊行の地球圏・生物圏国際共同研究計画（ＩＧＢＰ）のニュースレターに提案した。論考は人類に衝撃的な警告の提案となった。人類の負の遺産が地層に刻まれて行くことを認めねばならなくなった。大気中の二酸化炭素ガスの増加、利益欲望のための森林伐採や緑の破壊。開発と言う美名の自然大地の改変。生産活動により作られ放出され続けられるプラスチック類、有害化学物質ＰＣＢ等々。この大切で貴重な太陽系ハビタブルゾーンに、からくも存在している我らの、いや全ての生命の揺り籠地球の生命生存環境を破壊し絶滅の星に変えようとしている。悲しく呆れた実行者が我々人類なのだ。自分で自分とすべての生命を絶滅に追い込んでいる。馬鹿な生き物。自分を含め行きどころのない悔しさと悲しさで一杯の今。この基盤の上に、大航海時代に起を発し、ヨーロッパ諸国が植民地を拡大し「グローバリゼーション」が始まる。本格化し始めた時期は十九世紀が端緒と言われる。現代の「グローバリゼーション」は世界恐慌最中の一九三〇年代前半に失われたが、第二次世界大戦後に地球規模化し発現。これらの現象には、ヒト・モノ・カネと情報の国際的な流動化が含まれる。また科学技術、組織、法体系、インフラストラクチャーの進化がこの流動化を促している。一方で、さまざまな社会問題も国家の枠を超え、一国では解決できなくなりつつある。パンデミックもこの状況の中でグローバルに人々を襲った。コロナ、パンデミックを人間の欲望第一主義による生き方に目覚める機会の夜明けにしようではないか。

＃いつもと違う

久保俊彦

潮騒が静かな
澄んだ夜空に一筋の流星
霧箱の飛跡は現れては消えていく・・・

囚われの三日月が海に嫉妬して
凪いだ鏡面に微笑んでいたから
しょっぱい味覚は哀れみを感じ
坂東訛りのやつかれと
隠れんぼするタマキビが黙し
只ならぬ誤算となった
連鎖はひび割れの泥花を咲かせ
黄土が沈着し岸辺を混濁させていた
▲《三角州》は増殖を静止できない
禍の爪痕に立ち往生する
今にも破綻しそうな
婚姻の儀礼が始まろうとしている
行進するミナミコメツキガニが

カシャーシーを踊る
（自粛中にもかかわらず）
七月のクリスマスで盛り上がっても
静謐な賑やかさにはハレを感じない
カデンツァのない協奏曲は拍手もなく
誰もが疎を望ぞみ過敏となっていたのに
閉鎖された不自由な空気に怯えていたから
＃イツモトチガウ
庚子《かのえね》の夏を象徴する
不吉な雲や線状降水帯
青く走る遠雷におののき
忌まわしい記憶がよみがえる
切開された傷を隠していようとも・・・

ころころりん

熊井三郎

ころころころ　コロボックル
蕗の葉っぱで　雨宿り

ころころころ　コロリンコ
おむすび追っかけ　つっこけた

ころころころ　コロンブス
コツンと立てた　ゆで卵

ころころころ　コロシアム
人と獅子とが　殺しあむ

ころころころ　コロスケくん
姿見せずに　大暴れ

ころころころ　コロナちゃん
もう帰ろうね　森の奥

ころころころ　ゴロスケホイ
闇夜にホッホー　啼いてるぞ

フラットに

KA2

やり残したことはありますか。

人にこう問われた時
いいえ、すべてやり遂げたので幸せでしたよと答えたかった。

まだ終わっていないけれど
なんとなく終わりが見えてきた時
悔いはないけれど、不幸せではなかったけれど、それなりの評価も残したけれど、愛する人と共に過ごしたけれど、けれどがついてしまう。

残りどれだけのた打ち回るのか
同じ年ごろの何人かは鬼籍に入っているし、今苦しんでいる奴もいる。

恋に恋した人への幻滅も味わったし、肌を合わせた人への手を差し伸べたい気持ちは尚強まり、そこにはそれ以上の劣情はない。

フラットに
あくまでフラットに残りもう少し生きてみようか。

始まりの時（4）　ごしまたま

夜明けの突風　商店街大通りにかかるアーケ
ード　ヨーロッパの宮殿を淋しく偲べ、つき
あたりは20世紀の101匹ワンちゃんのかかるシ
ネマより飛び出して来た犬でなく猫たち　大
運動会　街中を走り抜ける新聞配達に続いて
出るヮ　走るヮ　あの大理石の道に赤い絨毯
を敷き詰めてノーベル賞受賞会場　否　結婚
式場　ワルツの広場と化し猫たちは犬もカラ
スも敵にしないモノクロ時代のセピア色の愛
しかし
新型コロナウイルス時代の新型生活　リモー
ト会議のできる仕事を持つ人との差　リモー
ト学習　友達と片よせ合って給食や弁当は経
験できない　潜んだいじめ　人は平等に命を
ウイルスにとことん晒しているから
「この世の出来事は総て映像　肉体が残され
ているのは　自分が人類最後であることを知
らない　医師も看護師もいない病院　彼女は
笑いながら目を閉じた　餓死」＊①

＊①『星のシャワールーム』ごしまたま詩集
（二〇〇三年）刊「最後の病名」より

「人」になってしまった

後藤幸代

「人間」が
「人」になった

コロナ時代に
人との関係が
遠くなり
「人」だけになった

音も立てず
何かが落ちるように

「不安」が生まれ
「不安」という言葉が　あばれ
「人」は　おしつぶされそうだ

少し気分を
かえたくて

空を見れば
雲が互いに
つながるように流れている
風も次から　次へと
つながって吹いてくる

「新しい生活様式」ならぬ
「新しい人」が　生まれることを
願う

初秋の風は
新しい

夏木立の水彩画

小松原恵子

コメントばかりがたまっております。
マウスばかり握っているわけにもいかないので
たまにお絵描きです。

オンラインレッスンが続く中
先生からのラインメール
絵と写真が届く

人っ子一人いない公園の写真
遠くにブランコ
大きな木の影が地面をさまよい
不気味に漂っていた

写真に命を吹き込み届いた絵
青紫の影が心地よい
真夏の日影に心を預け
ベンチにお爺ちゃん

蝶々を追いかけ
遠くに子どもの姿

私も
レッスン開始
コスモスの花が公園の片隅で
幸せ色を作り出す

砂に埋もれた

呉屋比呂志

砂に埋もれてあの子は死んだ
沖縄戦が終わって十四年経っていた
あの子はたった七つだった
あの子は生贄にされたのだ
あの日　米軍が早々と捨てた燃えさかるZ機は
石川中学校をかすめるように蛇行し
猛烈なスピードと
航空ガソリンの破壊的な燃焼が
想像力を超えた魔物になって
宮森の小学校・幼稚園に墜落した

一日中　探し回ってやっと見つけたあの子
あの子の従兄は　形のない遺骨を前に
脳天をつぶされそうな痛烈な痛みと憤りが
島の大地を貫くほどの電撃を
その日から抱え込んだ
…これほどの悔しさがあろうか
　永遠に消えない異臭の漂う中

あの子の棺は灰の器
遺骨は灰にまみれ
両足はなく　砂が詰められ
両手はなく　砂が詰められ
胴体はなく　砂が詰められ
聖なる花びらも跡形なく
眼窩にも　砂が詰まり
わずかに残されたくちびるに前歯が光って
よびかけてくる
ひと月ばかり前「兄イ、あたいの歯が抜けたよ」と
嗤って見せていたが　もう何も届かない
やがて　兄イはあの子に向き合って
小説を書きあげた
石を刻むように　己の無力を打ちすえるように
そして　知花城跡で自らの命をたった
それは　Z機の墜落から　七年後の六月のことだった

＊資料…「沖縄の空の下で④」（石川630会発行）の
中犀幸吉遺稿集より

コロナウイルスを食い尽くす細胞

近藤八重子

六十兆個の水の入った風船のような細胞で
生かされている私たちの日常に
前ぶれもなく人懐っこいコロナウイルスが出現
人間の敏感な細胞たちは
発熱して危険を知らせてくれる

私たちの体内で休みなく働き続ける
マクロファージという細胞は
健康の使者
コロナウイルスが侵入すれば
すぐさま自分の細胞内に取り込んで
食い尽くしてしまう
さらに次に侵入してくるコロナウイルスに備えて
コロナウイルスの断片を掲げ
抗体を生産するシステムに働きかけ
コロナウイルスを攻撃して破壊する分子
イムノグロブリンを作り出し
血液中に放出してくれる

生体防御システムの一つ免疫と呼ばれるもの
イムノグロブリンはタンパク質で出来ている
一ミリの百分の一ほどの細胞が生きていくために
八十億個のタンパク質が必要だと言われる
一個一個のタンパク質が
千差万別の働きをするまでの指導者が
分子シャペロンと呼ばれる分子
テキパキと指導し
コロナウイルスを消滅できるまでに成長すると
さりげなく去ってしまう
生命活動の理解者

一年で体の全細胞の九十パーセントを
入れ替えてしまう細胞たちの働きは偉大だ
コロナウイルスに対しても
臆せず立ち向かい戦ってくれる
私たち人間は
精確に働いてくれる細胞たちの力で生かされている

カッコウ！　カッコウ！

近藤よしはる

オクラに支えをしていたら　突然カッコウ！　カッコウ！
風薫る空に透き通る低音のひびき
　郭公がやって来たか！　おーーい！
　カッコウ！　カッコウ！　カッコウ！　カッコウ！
（おじさん、こんにちは！　夏ですね。
　緊急事態宣言中とか、たいへんですね…）
こう聞こえてきた雑木林を眺める
でも、鳴き声はこの一度きり　全く姿も見せない
鳶にでもねらわれたんだろうか？

いや、モズの巣を見つけて托卵
あとはお任せ、と立ち去ってしまったのだろう
新型コロナウィルスの世界的大流行　もう三ヶ月
マスク、手洗い、うがい、消毒、外出の自粛に疲れ
人とのコミュニケーションもままならず、緊張・我慢
いつまで続く…たまらんなあ！　と日々うつうつ
そこへ思いがけぬ〝カッコウ！　カッコウ！〟
もの寂しく穏やかな響きが僕の心の内奥に刻印し
いつまでも耳に残る

A CUCKOO CALLS LOUDLY——
DO YOU FEEL LONELY TOO?
THIS CEASELESS PANDEMIC

おーーい！　カッコウ！　また来いよーー
夢現かっこう鳴けり　豆播かん

《短歌》
非常時にスティホームの村の子ら
　　親の不在の家をはしごす
無職なるスティホームに困り果て
　　長子遣はすフードバンクに

旅への憧れ … ボードレール「旅への誘《いざな》い」に想を得て

斉藤明典

「ぼくの子　ぼくの妹よ
　想い浮かべてほしい　その心地好さ
　かの地へ行って　ともに生きることの」[1] と
愛する人に呼びかけている
一九世紀の詩人に倣って　ぼくも
「空想の旅」[2] に出てみよう

かの地は　うるわしの地
きみに似ているのだ
この厚い雲の裂け目の
青空から覗く　濡れた太陽は
ぼくの気質を魅する
涙の奥の深淵の　神秘的な瞳[1]

革命が街にシェフを生み出した国
世界初の百貨店の誕生　女性を主役にしたその戦略
ケルト…ガリアの生彩　雄鶏は
大聖堂の尖塔に戻るだろう　そして
言葉を大切にして　深く意味のある時を告げ
穏やかに一日が過ぎてゆくことだろう[3]

そこではすべてが静かだ　これは秩序？
ウイルスは　音もなく　姿も見えない
息をひそめて
「無言歌」をうたう
触れ合いを求めながら
触れ合いを恐れて

注1．《L'invitation au Voyage》／Les Fleurs du Mal
Charles Baudelaire、訳（第2連は翻案）は筆者
2．ＮＨＫ「地球ラジオ」２０２０年6月放送
コロナウィルスの制約で考えられた企画（当初「妄想」）
3．ボードレール「旅への誘い」／『パリの憂愁』より翻案

もう口紅はいらない

嵯峨京子
不要不急の外出もせず
家に居れば日がな一日
レコードばかり聴いている夫が
自宅待機要請中になって
昔の映画を観ることが加わった
『もう頬づえはつかない』
七〇年代終盤のアンニュイな風を纏って
主人公の女が自立していくストーリー
だった気がするのだがよく憶えていない
記憶しているのは
同棲中の男が女の歯ブラシを勝手に使ったと
口喧嘩する朝のシーンだけ
あの映画のラストシーンはどうだったか
アート・シアター・ギルドの作品だから
映画館で観ているはずなのだが
記憶にない

最近になって気がついたのだが
ドラマや映画　小説の
最後を憶えていないことが多々ある
だから今時は
再放送ばかりの番組を見直すことになる
サスペンスドラマのように
犯人がわかった時点で興味が失せて
憶えていないのかも知れない
現実の世界では結果がすべてなのに

今起きていることも
結果が予測できているのだろう
きっと
明日になれば　また
目と眉のあたりだけを化粧する
鼻から下はマスクをして
見えない敵から護るのだから

新しい生活

阪井達生

唾を飛ばすほどの口論はやめている
ひととは手がとどかないほどの距離を

リアルなことは　恐ろしくて
ズームな会議は饒舌な私

マスコミか　ひとの「うわさ」が平板にこぼれると
生活の底が抜け始める

自分だけの価値は剥ぎ取られ
「個」であったものが「粒」になる

これだけは変わってくれるな
日常の小さな積み重ねが生活であること

コロナの時代　その先で

榊　次郎

静かだ
パリのルーブル美術館からも
ヴェネツィアのサンマルコ広場からも
ニューヨークのタイムズスクエアからも
モスクワの赤の広場からも
大阪の通天閣の周りからも
何処からも人の声が聴こえて来ない

跳ぶことをやめた航空機が
滑走路に勢ぞろいしている
自由席に誰も乗っていない新幹線が駅を出ていく
まるで戒厳令の夜だ
目に見えない恐怖の中で誰も彼も息を殺し
通り過ぎていくのを待っている

だが　ベランダから見上げる空は
いつもと違って澄んでいる
居並ぶビルの輪郭もくっきり見える

まるで空気が入れ替わったかのように

いつかウイルスが消えてしまった頃
もうこれ以上　自然を荒らさず
紛争も差別も貧困もない世界に
生まれ変わることを信じて
壮大なプランを今から練り上げなければ
そうでなければ自然界は又
新しい刺客を送り込んでくるだろう
わたしたちは知っている
幾度も病原菌と戦いながら
先人たちが新しい時代を切り拓いていったことを

空を見上げながら
「おはよう　今朝の空気は格別旨いね」と
いつものように笑顔で挨拶できるその日が
一日も早くやってくることを
今はただ　静かに待っている

真夏の夢

左子真由美

コロナ禍が収まったなら会いましょう
何度でも読む短いメール

いつの日か叶う叶わぬ約束と
思えどその日夢に描きて

かのひとの奏でるピアノ聞くような
涼風の吹く夜半の窓辺よ

他愛ない話をあてにいつの日か
ひとと飲みたし夢もほろ酔い

コロナ禍に不要不急の用ありて
ひとに会いにゆく初めての駅

晩夏の真昼なごりの夏の熱風よ
コンクリートの道に落ちる人影

コロナ禍に生まれた夢の徴《しるし》のよう
腕に銀のブレスレット巻く

かのひとの挽くミルの音珈琲の香
満ちて静かな研究室の午後

新しき扉の開くを感じをり
デスクトップに揺れる酔芙蓉

人生は不要不急の夢ありて
楽しと思うこの時代《いま》を生きて

新型アガサクリスティ

佐相憲一

〈東京が悪い〉とされて
東京がせん滅された
〈大阪が悪い〉とされて
大阪がせん滅された
〈都会が悪い〉とされて
都会がせん滅された
〈若者が悪い〉とされて
若者がせん滅された
〈中国が悪い〉とされて
中国がせん滅された
〈アメリカが悪い〉とされて
アメリカがせん滅された
〈動物が悪い〉とされて
動物がせん滅された
〈感染者が悪い〉とされて
感染者がせん滅された
〈濃厚接触が悪い〉とされて
接触が絶えた
〈人体が悪い〉とされて
人体がせん滅された

きれいさっぱり
〈そして誰もいなくなった〉と叫ぶ読者もおらん

もう
戦争と平和で争うこともない
格差社会に苦しむこともない
人生のさまざまな局面で悩むこともない

もう
恋するときめきは芽生えない
愛するせつなさは味わえない
夢見るぬくもりは出てこない

なきごととは無き声のこと
しーんとしたままの　ソーシャルディスタンス

リラの花咲く日

志田静枝

リラの花が風になびく日々に
可憐な花の命も震えている
新型コロナウイルスの到来で世界中を
震撼させている
リラの花が咲く春の四月というのに
至る所の国々　春の花など愛でていられようか
陽光の降り注ぐ日々に世界中は沈没寸前だ

わが故郷である長崎の港には
イタリア籍のクルーズ船が停泊していると
新聞やテレビで報道されている
コロナウイルスの陽性に　罹った大勢の
患者を乗せて　どうなるの　クルーズ船は
何処へ行くのでしょう
かつて悲惨な原子爆弾を浴びた街
二度と再びあの悲惨な出来事に　遭わせるような
事が有ってはならない　クルーズ船は悪くない

すべて人が悪いのだから
初めに新型コロナウイルスを　発進させた国は
悪意があった訳では無いだろう
人が携わる事には誰だって　手違いはある
そんな時には正直に　ごめんなさい　と言うものだ

コロナ患者を乗せたクルーズ船は　長崎の港を
出て行ったので安心よ　とその街に住む知人は言う
何処に行っても　患者を乗せたままでは大変な事に
優れた医療国と信じているわが国で
手の打ちようが無かったのか　長崎県は小島が多い
無人島の一つ位は有りそうなのに・・・私は思う

我が国の医療現場は　大変だったろう
携わってくださった方々　自らもコロナに罹った方々
図らずも家族を残して逝った悔しさに　胸が痛む
自衛隊からも大きな尽力を頂いた　我が国の宝部隊

二〇二〇年四月二十六日記

２０２０年　コロナの記録

下田喜久美

自国ファースト　叫ぶ後から皆の団結を！
と呼びかけ合うよコロナワールド

人も自分も幸せでなければ幸福は来ない
昔には　戻れない日常

空と地と海が時を止めて世界が　孤独を感じている

風が時計の針を止め　停滞の日常が繭の中で呻吟する
進まざるは退転なり

非常世界と有情世界をつなぐ厄介な顕微鏡の中の怪物

今やグロウバルの帰結　人体の世界地図を塗りつぶす
病む病院の混乱と膨らむ借金　離婚　生活の不安

コロナは死を目前に時を百年高跳びさせて
オンラインでつなぎ合わせる

肉弾戦の三密の代わりにスマホで会議、世界を結んだ
一本の松明は個に立ち返り　コロナ分岐点は
世界会議となって平和へと進む
心のありかを光となって訪ねている

虹の交流　新しさの興奮
心は結び合わせる
コロナの賢さを我が物とした叡智の開花
姿の見えない脅威こそ決断と勇気実行で生き延びる

あの世の世界からも座談会があって
スマホからご招待がくる

日盛りの海辺に

下前幸一

日盛りの海辺に
さざ波の微熱が寄せ

見えない
聞こえない
触れない怖れが
やがて洪水のように殺到する
たくさんの人が死んだ

記憶は薄く堆積し
私たちの足元から
すでに搬送されている

うそ寒い夏だ

知らぬまま理由は波間に浮き沈み
信念のない流れに運ばれて
ウイルスの日々は移ろう

音のない警告にもやがて慣れ
交わしあえない距離と
宙づりの時間に私たちはいる

二〇二〇年の日盛りの海辺を
ひとり子どもが歩いている

運動会もお祭りもなかった季節を

コロナ世代の
おたまじゃくしの
透明なしぐさを交わし

もうひとりの子どもが追いかける

空《す》く

瀬野とし

ひっそりとした暮らしの日々

お腹が空くので　御飯を食べたい
耳が空くので　音楽を聴きたい
眼が空くので　絵画を見たい
心が空くので　本を読みたい
　映画や演劇を見たい……

「アーティストは今、生命維持に必要不可欠な
存在である」*は
ほんとうだ

＊　モニカ・グリュッタース独文化相の発言

国難　逆境に耐える愛

田井千尋

五月の風そよぐハナミズキに夏の光さす地上で
主もとめて渉猟する姿なき王冠を避けて
喧騒だった街は息を潜む

飴の香り漂う黄花藤の花房たゆたう家の
近所でもハナミズキ咲き誇る集落にも
姿なき王冠が主もとめて息を潜む

弥生月から王冠を避けて会わずの二人静
この諷《うた》が世に出る頃は彷徨う王冠も
人智で手懐け綾なしてゆくこと希う

命を抱いて歩む私のコロナ　＝4行詩＝

高丸もと子
うつされるかも　うつすかも
もしかして　まさか
待合室では　見ず知らずの人とも
一心同体になれる

＊

キューンと悲しそうな声を出して
部屋の隅っこで震えている
抱き上げるとまた離れてそこへ行って鳴く
犬にもあるのだ　人には言えないこと

＊

抱き締める
命はあったかくて子犬でも重い
もっと抱き締めると苦しがる
壊してしまう愛もあるかもしれない

＊

神のみぞ　しる
神の　みそしる
夕焼けは神の味噌汁の　焚き木の炎
夕焼けは神のみぞ知る　コロナパニックの鎮静剤

＊

コーヒーの中に生姜と蜂蜜
これが一番　咳に効く
紅茶の中にラム酒とレーズン
これが一番のコロナ退治　自分で信じている

＊

2.5キロの犬の息遣いと
55キロのわたしの息遣い
ゆっくり吸ってゆっくり吐いて
眠りにつくときの同じ5秒間

＊

今日はドターっとした天気でしょう
これが日本列島　雲の通り道だからです
ここが風の通り道です
コロナも道を譲りながら地球をめぐっている

マスク・ピック

竹内正企

可愛いくて綺麗な娘たち
鏡で自惚れるマスクにマスクする
黒髪も匂う娘のマスク、スマイル

自衛する医院の玄関に
「コロナウイルス疑いの初診者は電話対応」
の貼紙がある。
その待合室には豪華なカトレアの大輪が
しべもあらわに咲きほこっている
白衣の看護師が魔法の噴霧をかけている
もの言えば飛沫を噴霧もないように

微笑も紅い唇もマスクしたナースが
没年のみえてきた九十路の某《それがし》の名を呼んで
検尿コップを突出した
「お漏らしせぬうちに‼」

国から配布された小形のマスク
同じ国費を使うなら全国の小中高生に
創意工夫のマスク、ピックで競わせて
都道府県の宣伝に賞金を授与すれば
張り合いも出たろうに…

甘いマスクのままで、ワクチンたのみの
オリン、パラリンピックができるのか

（2020・8・22）

コロナの中の夏

田島廣子

すたれ行く駒川の街いらっしゃい客呼ぶ声もなく笑い失せたし
街角の夕焼け小焼け飲み放題の提灯消え倒産のうわさ
弟が溢死だったと話す兄息が苦しいと心病みおり
百歳時代と言うも長生きは迷惑そうなコロナ時代かな
高架下缶を集めてつぶし売るそれも生き抜く男の仕事
回し飲みキス　唾液　一回の快楽のあと命消えたり
娘嫁がマスク縫って送りくる椿　水玉気にいり使う
倒産が増え続くなかに大食いの競争あればテレビを消したり
パトカーが又来たりベランダから見ている我も怪しくなりぬ
鹿児島のショーパブで感染怒りの雨か家屋浸水土砂崩れ
解雇され顔が小さく白くみゆパソコンの仕事と青年は言う
大阪のコロナ感染六十五人間隔をとりマスクして踊る
一度寝て目覚ましかけてテレビみる一つの楽しみ幸せと思う
あぐらかきクーラーもなくパンツ姿わずかな服が風に舞う夜
ゴーヤ植え花は咲けども実はつかず葉も黄色くてコロナの夏よ

漂うウィルス

田中猫夢

私と君
手と手
息と息

触れあってはいけない
Keep distance

個は孤
会は戒
密は罪

Stay Home
猫みたいに閉じ込められて
ココロとココロの隙間を漂うウィルス

それでも私たちは繋がっていたいのだと
リモートでなく空に向かって叫びたい

人を避けて川辺を歩く
発語もせず押し流され続ける日々は
暗い川の息のように今日も暮れてゆく

マスクに幽閉された　暑くて長い夏
私たちは何を失い　何を繋げたのだろう
ふっと　息を吐く

故郷の川

辻田武美

町には田城橋の下に
川が流れている
泳ぎを覚えた頃　岩の上から
川へ飛び込み
夢中だった

川の中に蟹
うなぎ　えび　が居て
日照りがつづき水が干あがると
それらを網ですくったりするのが
オモシロかった

大雨がつづくと濁流　急流となり
家屋が浸水したり
一大恐怖に巻き込まれる

今　川の両岸は工事中で
川岸の大木も伐採され
白いコンクリートの石垣が積まれて
大きく変化した

時折　自らの心の窓を開けて
子供の頃の
ナツカシイ当時の風景を
しばし見て居る

弥勒菩薩

寺西宏之

今年は予期せぬことが次々と　コロナウイルスの蔓延で
仕事が激減　動きもとれない　それでも焦らなかった
むしろこの後が心配　人間が駄目にならないかと
こんな時　災い転じてと　朝礼で
すぐに反応が　ウイルス飛沫感染防止対策用の製品を
かなりいい物が出来た
本業とは全く別分野の物なれど時流に乗っている
インターネットで売るという
若い社員の発想と行動力は凄い

それより年初から気になっていた一枚の賀状
「災害　経済　人口と大変な時代になって来ましたが
強運を信じて健康第一に頑張って下さい」と今年は
何時もと違う予言めいた文面ノストラダムスの大予言
の著者　五島　勉氏からのもの　不思議な縁での繋がり
もっと訊いてみたいと思っていた　その矢先に
「先日主人が亡くなりました　コロナ騒ぎで東京の
ニコライ堂でごく内輪の家族葬を」と
急に心の支えを失くした空虚さと感傷に浸ってしまった

その数日後　コロナで落ち込む人達を元気づけようと
若い工場長たちが会社の屋上に上げたピンクの扉
田園風景を背景にインスタ映えするとＳＮＳで日本中に
コロナ並の速さ　あとは気を引き締めておかないと・・

その時ふと思ったまさにこれは五島　勉氏の著書にある
国宝第一号聖徳太子の持念仏　弥勒菩薩のご利益かと
いつも懐の中の手帳にはその御影が
それと太子が名付けた「斑鳩」という難字
読んで貰える様にと長年かけてきた夢が　一気に
偶然ではない　不思議でもない　何か因果関係が

ものは思い続けていれば願いは必ず叶うということ
禍福は交互に訪れるもの「人間万事塞翁が馬」
終生の座右の銘　これも実証できた

丸い朝

戸田和樹

それまで尖っていたものが崩れるように
やがて新しい丸い朝がやって来る
人が触れたものにも
その呼吸や立ち位置にさえ
神経を尖らせていたぼくたち
コンビニ会計の目の前に
ぶら下がっていた透明なシートに苛立ち
ネットへの中傷を繰り返し
病に伏した人を名指した悲しい目の奥底には
安心安定と言う旧態然とした丸いものがあった

その丸いものが壊れるのを恐れて
自分の周りに尖った針を突き立て
暮らしを防御しようとしていた社会は
やがて
その針さえ飲み込まれて大きな球体になる
当たり前のように人は新しい人間になろうとする

新しい暮らしの仕方に慣れようとする
オンラインで人と話し
出社することなく家で仕事をこなす
集まらねばならない会合では一つ席を離れて座り
演劇や歌謡を直接鑑賞することはなくなる
いつでもぼくたちはロボットの前に陣取り
それで事足りる世の中がやってくる

そうして古さは
いつも未知の安心安定にとって変わられてきた
新しさは苦痛さえ飲みこんでしまう巨大な球体だ
その球体の中で
ぼくたちは今までのように人間性を保てるだろうか

見えない明日

外村文象

国難という言葉が
ちらちらと人の口に昇る
先が読めない不安
新型肺炎の流行が止まらない
初めてのことなので
対処する方法が見つからない

人が集まることを避けねばならない
会合や催しの中止がつづく
いつまで待てばいいのか
どれだけ耐えればよいのか
先が読めないということは
国難がやってくるのだろうか

過ぎてしまえば
何だったんだろうとも思える
だが経済への打撃は大きい
中小企業や小売商は倒産する
世界的な恐怖
ウイルスは世界中に蔓延して行く

マスクが買えない
トイレットペーパーが消える
デマ情報がインターネットに出回る
不安によるパニックが起る
暗い長いトンネルを
這いながらゆっくりと前へ

希望という言葉を捨てずに
諦めないで見えない明日に
予測できないから
死は最後の未来　最後の未知
各国の対応が適切だったか
時間が検証してくれる

ばらまき男

永井ますみ

動かずに燃え尽きていく蟹もあれば、火柱をあげて這い廻る蟹もいた。悪臭を孕んだ青い小さな焔が、何やら奇怪な音をたてて蟹の体から放たれていた。燃え尽きるとき、細かい火花が蟹の中から弾け飛んだ。それは地面に落ちた線香花火の雫に似ていた。

（宮本輝『泥の河』より）

舟端からジャンピングするオレは蟹だ　世の中からの蔑視を一身に背負った少年の　暗い情念を灯油のように被って走る　右の爪を振り立てて燃やし　左の爪でそれをうち消そうとする　結局は同じこと　船端から焔を背負ってジャンピングする　しかないのだから

肝臓癌を患うには色々あったさ
暴力団に関係してるとかシャブやっているとか
酒を呑むと前後不覚まで呑んでしまうとか
職は転々としたけど
いっぺんオレの歌を聴いてみろ　ほれぼれするぜ

肝臓癌の余命一年の宣告を受けてようやく一年が明けた
酒を一滴も呑まずやり過ごしたのに
母がコロナウイルスに罹った
関係者として調べられたオレからもそれが検出された
咳が出る
痰も出る
熱も出て来そうな気分
このまま死ぬんか

「くそう　コロナばらまいてやる」と思ったのは右の爪
「コロナばらまいて来る」と口にしたのは左の爪
誰も引き留めてくれなくてジャンピングした
フィリピン・パブでばらまいた
ネットで【ばらまき男】として晒された
その夜三十九度まで熱が上がって
二週間後の二〇二〇年三月十八日
某病院で死んだ

OHAYOUSAN

中尾彰秀

おはようさん
明らかにそう喋っている
表の野良猫同士の朝の挨拶
彼ら彼女らは
人間が毎朝おはようさんと
言っているのをとうに理解し
単に物真似じゃないよ
猫は毅然と理解し
平和を希っているのだ

おはようさん（オハヨウニャン）
発声にある古代よりの響きは
自らの持つ闇と光の
狂おしくも美しき出合い
星々と共鳴り地球の中核と
メビウスに交わる生命の環
コロナこんちくしょうと言う前に
動物虐待を謝って暮らしを変えるべし
今だに戦争している人間同士
さあ　皆　一緒に笑顔で
毎朝おはようさん

コロナ禍騒動

長岡紀子

彼方の山から陽は昇る
太陽の冠を拝借した新型コロナヴィールス
人さま世界に出かけては
今日のお仕事　コピーに忙しい
コピーコピー　コピーコピー
コピ　コピ　コピ
あの国　この国　お隣さんへと船に乗り山を越えてと
あの人この人お構いなしや
コロロ　コロコロ貼り付いて
発熱　頭痛　呼吸困難
驚き　悲哀　絶望　断絶

手洗いうがいにマスクを着けて
三密に気をつけよ　罹かった人には親密に

世界中がマスクファッション
老若男女　お仕事　お国柄　お金持ちもないものも

これだけは皆同じ
巾短目マスクを全国民に
およそ五百億円の税金使って配った（ホンマかいな）ある
　国の宰相
道路で拾ったマスクを公園トイレで洗って使う
ホームレスのおじさんのこと知ってるか
自警おばさんに「あんたマスクを着け！」怒鳴られて
電車の中じゃ　マスクなしでは人が立ち退く

人さま世界にやってきた幾百年ごとの感染症
ヴィールスは自分のことなんにも言わないけど
人さまが積み重ねた愚行悪行の産物
この２０２０年は歴史に残る感染症危機年となる

ほら　歓迎しないのに死神がそっとほくそ笑んでる＊
あなたもわたしも手をつないで夕陽の周りを
踊りながら沈んでいく

オヤッ！　朝の光の中踊っているよ

＊ベルイマン「第七の封印」より

振りまわされている日常

中西　衛

ひたひたと
迫ってくるものがある
昼さがりの目眩か

増えているようで減っていく
繋がっているようで切られていく
始まっているようでおわっていく
進んでいるようで退いていく
積まれているようで潰されていく
結ばれているようでほどかれていく
生まれていくようで死んでいく

逃げようとしても
死神にいつか襟首つかまれて
暗いところへ引き摺りこまれ
捨てられるのが落ちか
誰にもわからない

計算されているのは
死者の数
その中にいつ計算されるかだ

繋がっているようで潰されていく
進んでいるようで退いていく
子供の声がない
いままであまり経験したことのない
音のない静かな異常

人間の苦難に思う

名古きよえ

「コロナウイルス」の恐ろしさを知ったのは今年二月、志村けんさんの感染による死だった。もう、あの姿が見られなくなった。

マスクをすること、他人との距離を取ること、集会の中止、遠出をしない等、自粛が呼びかけられた。コロナウイルスの感染力が早く、死に至ることが多いからだ。

全国の死者は八三五、〇〇〇人が出たという（令和二年八月のニュース）。感染力が早く強い新型コロナウイルスに効くワクチンの開発が進められているという。

感染病で思い出すのは子どもの時「赤痢」が流行ったことで、一家に病人が出ると大変だった。ひどい下痢で体力が衰え死に至る。子どもの川遊びも禁じられた。「結核」も多かった時代、感染した娘さんが町から帰って来た。瘠せた姿が目に残っている。

コロナウイルスの長期化は先を暗くするが、健康を守るためにも現状を意識しなければならない。

町内のお盆行事もコロナのために中止になり、鎌倉時代の大きなお地蔵さんが令和の疫病を見おろしている。電車やバスに乗ってもマスクをしていない人はない。何とかこの難関を越えられたらと思う。

スーパーマーケットや飲食店などは客が減っているようだ。コロナのせいで潰れる店は今後の変化をどう乗り越えて行くのか心配になる。

おりからの暑さも半端じゃない。京都では三十八度に近い猛暑、夜になり木々の下の風はやや冷えてほっとさせられる。ある陸上選手たちはコロナ禍で休養をとったため、記録が意外に伸びたとのこと。しばしの休養と思って、コロナウイルスに罹らないよう、気力、体力を養っていけたらと思う。

先日、孫娘に「気をつけて」と言われた。高齢者は罹りやすいので声をかけてくれたのだろう。

コロナの影響は再来年まで続くとか、新聞には出ているが、自粛という今までにない生活で、旅行や遠出はひかえて、朝から自宅でもそもそしている。少し時間が出来て生活がのんびりしている。その中でこんなにも多くの命を奪うウイルスを生活の中から追い出す覚悟でいなければならないと思う。

拝啓、コロナ様

西崎　想

こんにちは　コロナさん
今　わたし達はあなたに怯えて暮らしています
あなたはわたし達のからだに潜入し
生命を脅かし　行動を制限させています
でも　あなたは太古から地球に存在するウイルスで
出会いは幾度となくあるのですね
ＳＡＲＳやＭＡＲＳはあなたと親戚なのだそう

経済がストップした世の中の様子は変わりました
インドの都市部では　ヒマラヤ山脈が見え
トルコのボスポラス海峡ではイルカが海で泳ぎ
オーストラリアの街中ではカンガルーが走っています
テレワークは通勤の負担を軽減し
わたし達の生活を見直すきっかけになっています

ネット社会が広がる世の中となり
これらは終了することはないと思います

世の中は人と触れ合うことが少なくなり
誰かと話す時であっても画面を見ながら
などもよくある風景になることでしょう
反対に　スキンシップというものがなくなって
人との距離は遠くなり　分断は一層進むでしょう

あなたも生きるために必死なのかもしれません
やがてワクチンができたら戦いは終息するでしょう
あなたとはわかり合うことはできなくても
同じ地球に住む生き物です
わたしとしては　あなたがビフィズス菌のように
平和的なウイルスになってくれたら嬉しいのですが
いずれ　またぐり会うことになるかもしれません
その時はお手柔らかにお願いします

壊れゆく

根来眞知子

壊れた女をいたぶるな
女はとかく壊れやすい
壊れてゆく女の言動は
テレビ画面で見れば面白い
だが　何度もアップで映すな
壊れた女は
ますます深みにはまっていく

壊れた政治家たちをいたぶれ
政務を満足にこなすこともなく
歳費をごまかし
女を泣かせ
責任のとれぬ発言をし・・・
政治は仲良しごっこではない
政治家たちの慢心を
言い訳に汗かく表情を
もっともっとアップせよ

いつか来た道をまた辿りそうな
我々の怠惰をいたぶれ
いくつも点滅している
戦争へのギヤチェンジ
アップされる事のない
政治家たちの暗黙のシグナル
時代の行く先を的確に意識し
打つ手を考えるためにも

多数によりかかるな
惰眠をむさぼるな
壊れゆく国へとなだれ込むのは
壊れゆく我々ゆえなのだ

変なお化けがやってきた

根本昌幸

得体の知れない
恐ろしいものがやってきた。
世界中に。
それからこのニッポンにも。
どうすればいいのだ。
みんなで考えなければならない。
一人ではどうにもならない。
ここで妖怪アマビエ様、様、様。
どうか助けてくださいませ。
われら人間の命を。
大変なことになった。
エライことになった。
今から九年前
ふる里を捨てた。
捨てた訳ではないのだが
住むことが出来なくなった。
得体の知れない放射能のために。

今度はなにがきたのか。
新型コロナウイルスというものがきた。
これまた目には見えない
臭いもない
色もない
恐ろしいものだ。
どこにも住む所がなくなった。
宇宙にでも行くよりほかにない。
はやくなんとかしてくれ
神よ。ムンクのような
「叫び」を聞かなかったか。

いちにち

橋爪さち子

和牛専門店マル福でいつものように
揚げたてコロッケを三個買った

陳列ケース奥のステンレス台では
お兄さんの清潔そうな大きな手が
肉のかたまりを丁寧にスライスしている

とても大事なものを扱う時の
指先に美しい沈黙を集めて
お兄さんの回りで刹那　時間が止まる

午後は硯の陸《おか》へ水を滴らせて
右腕をしずかに上下させながら
磨るほどに香る墨をゆっくりと
硯の海へ落とし入れ
口に小筆を真一文字に咥え書に励む

筆と手をさふっと洗い
洗面　風呂場をしらしら磨くと

えんどうの莢を窓の陽に透かして
莢に眠る粒数の
ほのかな影を確かめてから
日なかに飛び出すまるい実を
一袋三九八円分くりかえし愛でる

新月の窓を閉じ早々に横になる
たちまち分厚い闇が
執拗に私をまつわるけれど
少しもかまわず夢の淵を歩いていく

その果てを広がる光景が墨の香や
豆粒みたいな清いものであろうと
殺戮の禍々しさに充ちていようと
濁に富む正体不明な私の肺臓こじ開け
堂々　眼を凝らしながら

重い朝から

畑　章夫

一番蟬の低い声が
朝の扉を開ける
陽が木々の枝に積もると
蟬の声はますます
大きく
重くなる

今朝も
言い争った

バスに
乗る
乗らない
うつる
うつらない

コロナ起因の重い沈黙が
エアコンの空気に揺れる
ニュースはウイルス感染者数を伝える
最高気温は体温を超える

マスクの中にこもる息
蟬は変わらず鳴き続け
交配を終えた雌が
木の根元に
卵を落とす

ウーバーイーツの
ドライバーが
街を走る

新冠肺炎禍中願停戦

畑中暁来雄

疫病ハ酸辛ニシテ　宇内《うだい》ハ忡《うれ》フ
干戈未ダレ了《を》ハラ　稚児ハ窮ス
英賢ハ療治シ　生ズ二医薬ヲ一
世界ノ紛争　願フレ掛《か》クヲレ弓ヲ

（上平声　一東の韻）
二〇二〇年五月二十二日（作）

（書き下し文）
疫病は酸辛にして　宇内《うだい》は忡《うれ》ふ
干戈《かんか》未《いま》だ了《を》はらず　稚児は窮す
英賢は療治し　医薬を生《しょう》ず
世界の紛争　弓を掛《か》くを願ふ

（大意）
新型コロナウイルス禍は苦しくて大変で、天下は憂えている。各地の戦争はいまだ終わらず、子どもたちは困窮している。医療従業者の方々は英知を注いで治療し、新薬の製造にいそしんでいる。世界の軍事的紛争はただちにやめることを私は願っている。

（語意）
酸辛＝つらく大変なこと
宇内＝天下
忡ふ＝憂える
干戈＝戦争
英賢＝すぐれた知恵
掛《か》クレ弓ヲ＝いくさをやめる

或る理科室の　①

ハラキン

或る理科室の人体標本が解放されて　街にとび出した。人体のすべてが見えるので　みんなおもしろがった。原始に四足歩行をやめて二足歩行にしようと。前足で歩くと逆立ちすることになってしまうから　後ろ足で歩くしかない。すると長い間に進化して　後ろ足が長く伸びてしまい　腰痛になりやすいからというので四足歩行に戻ろうとしても　膝が地面に着いて走れない。

標本の肩の腱板に目がいって　自分が腱板断裂のまま生きていることを思い出した。腰痛ならびに坐骨神経痛で　腱板手術が延期ないし保留になりおよそ三か月経っている。本来はリハビリに通わなきゃならないが　新型コロナウィルスのせいで　人間の密閉　密集　密接が感染しやすいというので病院に行けない。

こんどは向こうから　違う理科室の人体標本が歩いてきた。「いやあれは人体標本ではない」。

闇夜　或る博物館の鬼のはく製が解放されて　街にとび出した。「いやあれははく製ではない」。　あ　また一体。次は三体。　次から次へと。　忽ち百鬼夜行となった。

感染経路不明の

原　圭治

人類は　これまでどれほど多くの生き物を
絶滅させてきたのだろうか
地球に生命が誕生した時以来　生物の進化に
深くかかわってきた多様なウィルスの数は　驚異的で
九十九％は病気を起こさないというが　一％の突然が
生命を奪う新型コロナウィルスとして　地球に出現して
死者が百万人を超え　パンデミックに
感染者が五千万人に及んできて先は判らない
封じ込め不能な様々な崩壊が　世界で進み始めて
人類は　大自然の反乱で手酷い逆襲を受けて
コロナウィルス感染の脅威に　世界はすくんでいる
飢餓　戦争　地球規模の災害　未知のウィルスに
これまで人類が生存のために闘ってきた現代文明が
いま大きく裂けようとしているように見える
人類は　生き方の根源的な問いから　問い直すことを
独りひとりに求められているのかも知れない
裂けてくる現実から　群れの感情が噴出し　奔流となり

偏見　差別　排除　嫌がらせ　憎悪　不信　恐怖の
感情が拡散され　何処へ濁流となり流れていくのか
標的にされている夜の街にか　軽率な行動の若者達にか
営業を止めようとしないパチンコ店にか
他者を非難することで人びとは　自己責任と
恐怖から逃れられるとでも思っているのだろうか
営業はしないで下さい　外出はしないで下さい
接触は控えて下さい　三密の場所に行かないで下さい
下さい　は　禁止でなく自粛です　命令でなく要請です
そこに　自己責任論の落とし穴がぽっかり開いて
辺りの　数えきれない散乱した使い捨てマスクに
唾液と　伝わらなかった表情がべったりと付着して
もはや相手の感情は読み取れないから
顔の見えない社会が広がって　互いの親密な関係は
匿名のコミュニケーションに組み入れられてしまい
感染経路不明の新規感染者が　限りなく拡大し続けて
集中治療体制の崩壊で　死者が急増し
人類と自然の間合いで　世界は大きく変容するかも

下されたコロナ禍

平野鈴子

当然のように無料で空気を頂いている私たち
山を容赦なく伐採し海を埋立破壊し
とまどう動植物は住処を追われ
何かを手にすれば何かが犠牲になる
反対する意見もくまず平気で
傲慢になった人間の心が環境さえ乱した

何事にも謙虚な気持で接しているだろうか
口では人のためと言いながら心は自分のために
向いていないだろうか

はてしない人間の欲望と堕落した心への戒め
地球規模の聖域を汚し
尊い領域から激怒され
疫病や天変地異で人間の心が試されている

色も形も匂いも見えないコロナ禍のいま
かけがえのないこの地球に懺悔と感謝と
畏敬の心で人類の英知を集め軌道修正する時がきた
牛に鼻紋があるように
人には指紋がさずけられているのだから

悪魔のコロナ

福田ケイ

雲が静かに青空を走り
春のうららかな光が降り注ぐ日
遠い果てからやってきた　コロナよ

愛を奪い　人と人を引き離し
握手やハグも出来なくなった
公園で楽しく遊んでいた子供たちの声も聞こえない
そして　冷たい死の恐怖へと誘い込む

おまえは悪魔だ

毎日マスクをし　心が折れそうになる私
あの悲惨で恐ろしかった
太平洋戦争中とはまた違った
不気味で暗く淋しい時代が来ようとは
思いもしなかった
だが　自然の秩序を破壊してきた
人間たちへの警告でもある

私は老いたが希望がある

家族や隣人と助け合い
友だちと　手紙や絵はがきでやりとりしながら
強く生き抜こうと約束した
みんな　医学の力を期待している

今　私は庭に色とりどりの花々を植え育てている
世界中が苦しみに耐えているが
さわやかな風が吹き　小鳥たちは翼を広げ歌っている

悪魔のコロナよ
もうすぐ　人類に愛想を尽かし
果てしない闇の底へ
消え去るだろう

コロナのおかげね

船越貴穂

すれ違い夫婦の我が家
自粛生活の毎日
夫の俳句　川柳教室は全て休講　カラオケ禁止

夫は朝から　庭を掘り起こして作った畑に降りて行く
南瓜　ピーマン　枝豆　いんげんを抱えて上がって来る
嬉しそうにはにかんでいる
早速南瓜を煮る
「昔は良く食べたなあ」
夫の声が何年か振りで弾んでいる

会話が出来た
そんな事が毎日のように続いた
夫が採ってきた
じゃがいも　出来損ないのスイカ
この夏はキューリ　ゴーヤ　ナスビにトマト
毎日同じ様な総菜ばかり
だが　夫は嬉しそうだ

私は一生懸命褒めまくる
「凄いね！　上手に出来たねー　器用だねー」
夫はせっせと毎日炎天下を畑に降りて行く
そして何かしらの種を蒔く
一緒に種を買いに行く
私は言う
玉葱がほしいなあ　キャベツも　ほうれん草も
白菜も……ね
夫は又せっせと種を蒔く

もしコロナ騒動が無かったら
私達はきっと無言のすれ違い夫婦のままだったろう
世間の人々を困らせ恐れさせ　その為に
自粛生活を強いられた
おかげで　私達は初めて夫婦らしく
会話し　一緒に買物に行く
世間では当たり前のことが
この夏に　やっと始まったのだ

性の翼で包みこまれて

船曳秀隆

コウモリの性の翼を生やした君は逆さまになって
夜通し僕にぶら下がっている

君は夜中にも僕を見失わないように「私はあなたの味方だ」と云うし「あなたは敵じゃないよね」って　何度も確かめたがった　コウモリは暗闇でもオスを発見できる
やがて君も翼をはためかせて
他のオスの下に逆さまになって
ぶら下がってしまうのかな　心細くなって
君の耳元でそう囁いていたら
君は性の翼で包みこんでくれたけれど

君と性の翼を差し交わしてからは　まるっきり変わってしまった　コウモリは敵味方がはっきりしないものにたとえられる言葉らしいから
性自体も敵味方がはっきりしないもの
みたいね
と君は不敵な頬笑みを浮かべるようになっていた

一体僕にぶら下がってるフリをし　翼で包んでくれている君は　暗闇の中　誰の下にぶら下がっているんだろう
性の翼が君のあどけなさを　奪い去ってしまったなんて

「私はあなたの味方だ」「あなたは敵じゃないよね」とすらいちいち確かめたがらなくなったし　翼で包む度その回数をコウモリの長い指で数える毎に君は翼より近い程　何処か遠くへ羽ばたいていってしまうみたいだ

僕は真っ暗闇の中で足掻き廻っているだけだ　翼を引き剥がしぶら下がってる君を落としたら　散り堕ちた性の翼の底で　翌朝には君を発見出来るかな?　翼を振りほどき君を掴まえてやろう　そう計画を企んでは　それさえも君の掌中の如く　君は不敵な笑みを漂わせている

コウモリの性の翼を生やした君に逆さまになって
夜通し僕はぶら下がっている

ホトトギス

松原さおり

その昔　神々の里であったという高畑に
恐縮しつつ棲みついて
とうに半世紀を過ぎた
辺りの原始林や深い森に育まれてきた生きものは
時折その姿を垣間見せる

卯の花が部屋の中まで匂う夕べ
春日の森からホトトギスの声
テッペンカケタカ　キョッ　キョッ　キョッ

ホトトギスの雌はウグイスの卵を蹴り出して
その巣に自分の卵を産み去るという
ウグイスの雌は疑いもせずホトトギスの卵を抱き
自分より大きい雛を育てるという
千万年もそうしてきたという

母を知らない子と
子を知らない母は
甘え可愛がりながら母子を暮らすうち
二つの心の間に懐かしさの糸が張られる
仄かな愛の気配が波立つ
沙粒ほどの信が固まる

日射し煌めく朝小藪から飛び出したウグイスは
胸いっぱいに春を告げる
暮れなずむ森からはホトトギスが辺りを憚りながら
落ち着きなく問うてくる

天辺翔けたか？

ウグイスの巣に置いてきた我が子が
うまく翔べるようになったかしらと
思念が横切ったのだろうか

わたしは耳をそばだてる

記録

松村信人

二〇二〇年春まだ浅き日にこの国は新型コロナという疫病の蔓延に揺れていた　感染者の数は日に日に増し　為す術もなく人々はマスクで口を覆い　家に巣ごもりするほかなかった　街中から人や車の姿が消え　商店はシャッターを下ろす　夜の店の灯りも消えた　気がつけばこの疫病はまたたく間に世界中へと拡散を続けているのだった　老いも若きも男も女も人種を問わず職業を問わず等しく襲いかかり猛威をふるう　この恐怖に人々はどう立ち向かえばよいのか　人類すべてにとっての世界同時体験でありながら世界は一つに結束できず　政情不安が経済不安が更なる疫病不安を掻き立てる　せめて暑い季節になれば終息に向かうのではとの切ない祈りもむなしくこの疫病の猛威は第二波とも呼ぶべき勢いでさらにさらにこの国を襲い続けているのだ　二〇二〇年夏猛暑の最中　この国では七五年目の終戦の日を迎えた

コロナ禍が問いかけるもの

三浦千賀子

新型コロナウイルスで
日本中が世界中が
恐怖におののいている

一体コロナは何のためにやってきたのか
外出自粛の要請から一ヶ月もすると
空が青くなり　水が澄み
野生動物が世界の街角に現れたというのだ

利潤追求に走る資本主義の強欲が
森林を伐採し野生の世界にまで踏み込んできた結果?

非正規労働者は職を失い
個人事業者は家賃などが支払えず
屋内ＤＶや虐待に苦しむ女性や子ども
ネットカフェを追われたホームレス
アルバイトが出来ず学費に窮する学生たち

世の中の経済格差を貧困を
いやがおうにもあぶり出し
コロナはどうしようというのか

世界が一呼吸するために
そして人類の幸とは何かを
人々に突きつけるために
コロナは連れてこられたのか

コロナ垣

水崎野里子

出雲なる　雲湧く八重垣　十重二十重
妻と籠もらん　夫と籠もらん

息子命《みこと》の一振りの剣
八重垣切らんか　コロナ垣

吾妻歌　垣に囲まれ　驚きは
ソクラテスの妻　良妻賢母

無残やな　吾妻コロナの感染グラフ
下がり上がりて　無念爆発

輪になりて　酒も呑めない　飯食へず
かわいそうなは　酒呑童子よ

酒は呑め呑め　呑むならば　コロナ黴菌
呑み干せよ　日の本一の　宝剣褒美

皆揃ひ　褒め称えんか　拍手せん
薬師《くすし》　医師《いじ》　看護師働き　ちはやぶる神

われこそは死神なりし　冥土より
虫けらニンゲン　いざ懲らしめん

めらめらと地獄の焔《ほむら》　燃ゆるなか
悪しきニンゲン　逃げ惑ふ罰

世界中　拡がるコロナ　ワクチン期待
ニンゲン勝てるか　悪魔呪ひに

われは修羅　われの憤怒は　焔なり
悪玉火の粉に　微塵と飛び散れ

風

宮崎陽子

コロナ
コロコロ
コロコロ　コロナ
コロコロ　ころっと　ころがった
すってんころんだ　その先で
赤信号がともってる

コロナ
コロコロ
コロコロ　コロナ
コロコロ　どすんと　ぶつかった
とじこめられた　その先は
マスク　ワクチン　うがい薬

コロナ
コロコロ
コロコロ　コロナ
コロコロ　ころんとまるまった
灼熱うごめく　その先へ
青く静かに消えないか

ささやく風に誘われて
ふうっと見上げた　その先に
君の奏でる　ハーモニー
あふれるひかりの　エネルギー
いのちをつむぐ
あしたのひかり

彼方

村野由樹

昼下がり長閑に走る自転車や
店閉まる緊急事態寂し春
雲雀飛ぶ小さくなって空高く
連休に柵の遠くをゾウ仰ぐ
車窓に走馬灯なる若葉行く
五月尽ようやく人来るパンの店
雨を浴びエネルギー出るかたつむり
何処までも彼方も晴れる夏至の日に
波聴きて水着着かえる祖母の家
夕暮れの梅雨の空はなすび色

夜の船ふわふわしてるアロハシャツ
夏の浜ひとつの石を耳にあて
雨あがり草むらの虫飛び出す
朝曇り公園の蝉こだまする
夕立や百日草はおじぎする
掛けたシーツ八月の風ふくらます
湯気つつむ玉蜀黍をおやつにし
甲子園球児たちの汗落ちる
八月尽疫病記事また読んで
夕涼みかなかな居る草向う

フェアリーテイル2020
森木　林

十二方位のラプソディを駆け抜けて

少女《おとめ》らは　嗤《わら》う

すべては　おとぎ話だ　と

第一幕は　終わりにしよう

ここからはじまる

タブラ・ラサ

新たな光に　際立つのは　影

けれど

そこには　知足への　たしかな　きざはし

心　添わせて

わたる勇気に

幕をあけよう

注　タブラ・ラサ：ラテン語で「何も書かれていない書板」の意

いのち定め

もりたひらく

昔　母の育った田舎では
親戚やご近所で
はしかにかかった子どもが出たら
その子のかじったリンゴを
自分の子どもにも食べさせて
わざわざ　はしかを移してもらったという

一度かかれば　二度とはかからないし
子どものうちにかかっておけば
比較的軽症で済むからだろうか
リンゴをかじらせたのは
当時　母の育った田舎では
リンゴが栄養ある食べものと信じられていたからだそう

かつて　はしかはいのち定め
そう言われていたと　聞いたとき
身震いがした

ひょっとしたら
試したのだろうか　我が子の命を
無情にも　切り捨てられるかもしれないのに
天然痘　はしか　インフルエンザ
様々な疫病とともに
私たちの先祖は生き抜いてきた
避けようがないのではないか
ともに　生き延びるしかないのではないか

今回の　新型コロナ・ウィルスによる
COVID-19
度々起こるパンデミックは
試しているのではないだろうか
私たちの
生き抜く知恵を　ちからを
無情にも

コロナ禍

森田好子

目は見えない
何を言っても無反応なはずなのに
おかあさん　好子　わかる　大阪から帰って来たよ
目を見開き全身の力を振り絞り
「ウオーッ　ウオーッ」と叫ぶ
見えない目は私を探す
「ウオーッ　ウオーッ」
叫びながら咳き込む
「ウオーッ　ウオーッ」
激しく咳き込む
もういいよ　わかったよ　おかあさん
ありがとう　声が聞けた
大丈夫よ　ゆっくり休んで
声がやんだ母の目に涙

またくるからね
抱き締めながらこれが最後かなと思う

いつコトッと消えてもおかしくない母の命
まるでゼンマイ仕掛けの針が命を刻んでいるよう
今しがたスマホに届けられた母の写真
さらに小さくなって
おかあさん
今もまだ生きてくれているのに
会えない
おかあさん

コロナ禍の日々に

安森ソノ子

二〇二〇年の四月と五月には東京と大阪で、かねてから実施しようと思っていた会を開催する事になっていた。会場もピアノを使えるホテルの大会場を予約し、「安森ソノ子の詩によるソプラノ歌曲」も、声楽家によって歌っていただけるように準備をしていた。

今年の新春も過ぎ、案内状の紙面の仕上げにとりかかった頃、〝新型コロナウイルスの感染〟が毎日報道され、世は大変な状態となった。日程を変更しようと思っている中に、イベントの中止、自粛は当然の事となった。

来年オリンピックの開催ができ、その後には人々の行き来も多分可能かなと予想して、それらの企画を二〇二一年の十月と十一月に大阪と京都で行う事に変更した。その会は表現者として活動しておられる旧友や知友達と共に、「今一度、話合いたい」という望みに根ざしている。詩や著述の分野におられる方々をはじめ、詩を書いて、その詩を自らが歌うというシンガーソングライターの方々、また文学作品を朗読して音声で伝え表現する活動をしておられる身近な方々、演奏や作曲での表現を実施中の音楽家達と、この多難な時代に納得できる表現をめざす途上で、苦楽を理解しあい、共に充実した今後をと祈るからである。

そのため「京ことばで『源氏物語』を朗読する」席に出席している私は、東京で京ことばでの『源氏物語』を朗読し、同じく『源氏物語』の現代語訳での朗読活動中のネコちゃん（美人女優の有馬稲子氏）を東京での舞台へ招き、二人は朗読のコラボをする事にした。有馬稲子さんのマネージャーからも「良い企画ですね」と言われ、来年の出演を快諾していただいた。体調良好を保ち、さらに体力を増す体操もし、地道なしっかりとした準備、勉学に励みたしと、楽しみが増えている。

『源氏物語』作者の偉大なる紫式部。紫式部の夫は働き盛りの年齢で当時の感染症で亡くなられた。四年足らずの結婚後の生活で平安時代紫式部の夫は他界。疫病で惜しくも命を落とされた先人の思いを抱き、命ある日をよりたいせつにと思う。

福井のお祖母《ばあ》さんの死

八幡堅造

二〇二〇年五月三日亡くなる
新型コロナウイルスで
亡くなった訳ではないが
時が時だけに
人の集まる葬式は自粛
予定していた女房　娘が行けなくなり
私もショート・ステイに行かなくて済んだが
その結果　約束した将棋ができなくなった
よくよく縁がなかった　ということか
まさか将棋のために　*特養さんに迎えに来て
将棋が済んだら　送ってほしい
という様なことは言えない
こんなところにまで
コロナウイルスの影響が及ぶとは……
前回の詩の題名の如く　引き続き困っている
Mさんと私
生きて
いつの日か　ご縁があったら
思いっきり将棋をしましょう
お祖母さんが　助けてくれると信じましょう

（2020・6・1）

*特別養護老人ホーム

あたらしいすみか

山川　茂

すうっーと　ぼくは
乾いた場所からぬけ出した
何かにひきずられ　とびうつり
新しいこの地に付着したんだ
うまく奥に入り込めばしめたもの
そこは　ぬめぬめ　とろとろ
今まで感じたことのない魅惑でいっぱいだ
ようし　ここに決めた
あたらしいぼくのすみか
うっとりする粘液にふれ　ぼくは
ぼくをおもいっきり増殖し拡散した
どんどんどんどんどんどんどんどん
増殖拡散増殖拡散増殖拡散増殖拡散
あたらしいぼくが　つぎつぎにふえてゆく
あたらしいすみかが　いっぱいできてゆく
前のすみかは　なぜだろう
へってゆくばかりだった
すみかのある森は　しらないあいだに
ちっちゃくなってゆく
ものすごく雨がふっていたのに
とてもあつかった
気がつくと　ぼくらのすみかの周りは
そこらじゅうが炎でつつまれた
すみかもぼくらのなかまも　みんな
おおきなおおきな火で　焼きつくされた
なくなってしまったんだ
ぼくは知っている
すみかをみつけてそこにおさまり
増殖し拡散することが
ぼくらのしごとであることを
何がぼくをこんなに追いたてるのだろう
わからない　わからないけど
ふえつづけることでしか　ぼくは
ぼくでいることができないんだ
だからあたらしいすみかを　いつも
さがしつづける

二〇二〇年の奇跡

山下俊子

地球に潜んでいた未知のウイルス
中国武漢の市場から動きだした
世界の感染者は爆発的に増え二七五九万人
重症肺炎で亡くなった人は八九万人
恐怖のどん底に落とされ
人類のうえに不安の雲がひろがる

外出自粛で都市は空っぽ
お客が来なくなり廃業する店主
政府が打ち出した三密
忠実な市民が
自粛警察になって街角で目を光らせ
マスク警察になって暴力的に取り締まり
帰省警察になって県外車の締め出しのビラ
発病した家族に浴びせる非難の声
いらだちが人のこころを鬼にしてゆく

世界一の感染者をだしたアメリカで
黒人男性が白人警察官に殺された
牙をむきだした人種差別
アメリカは中国の初期の不手際を責め
ウイルスはアメリカが持ち込んだと中国
煽り立てるメディア
新型コロナウイルスのパンデミック
ＷＨＯのテドロ事務局長が叫ぶ

はるか昔から地球のどこからか現れて
時の人々を殺して苦しめてきた疫病
二〇二〇年電子顕微鏡がウイルスを見つけた
私はマスクをして距離を置き
レジに並んで夕食のおかずを買う
コロナ撲滅にむかう九月九日

百日紅《さるすべり》の花房揺れて

横田英子

祭りが消える
コロナウイルス菌の仕業
人の心身を痛め付ける
その余波は
至る所で大きな空洞を広げる
眼の奥　心の底に泥のように
溜めてしまう　鬱憤　恨みと憤怒

どこから潜入してくるか
窺う眼光から逃げ戸惑う
人の身になり
庭や街路に咲く花　百日紅の怒り
この秋　散り積もった花びらの
風に散り　地に埋まる悲しみ

その声は風に伝わり　川の声は海に伝わって
ひとしきり風は伝達の使命を受け持つ

コロナウイルス菌への挑戦状
百日紅は花房ゆすり　長い枝から枝
叫びすぎ　ひたすら今は無言で
揺れ続ける

そんな話を聞いたことがあるような
晴れた秋の　身に沁みこむような
青い空のもと　百日紅の樹の下で
まどろむ私は
コロナウイルス菌を吹き飛ばしているのです

コロナ禍の学校と子ども達
―子どもはすごい―

吉川悦子

政府は三月二日から、日本全国の学校の一斉休校を要請した。

三月は、学校にとって一番大切な時だ。一年間の締めくくりの時である。六年生にとっては小学生時代の最後の総仕上げの時である。卒業式に向けての練習もこれから始まる。そんな大事な時なのに唐突に一斉休校。

教職員は慌てた。とりあえず成績表は後回しにして、学校においてある荷物を全部持って帰さなくてはならない。低学年の子ども達は、両手いっぱいの荷物を持って下校。途中で道にすわりこむ子もいた。私はこの時、非常勤講師をしていたのだがこの日で勤務終了になった。

卒業式もできるかどうかわからない。友達と先生と別れを惜しむ間もない。特に六年生は本当にかわいそうだった。二週間ほど過ぎ、卒業式だけは行われることになった。私も卒業式に招待されて出席した。けれども五年生は出席せず、来賓も無し、保護者は各家庭二人まで。例年ならば何度も練習をし当日を迎える。しかし練習は一切無しで卒業式を迎えた。そのため卒業証書授与だけと思っていたのだが、授与された後、六年生全員、ひな壇に並び「呼びかけ」を始めた。休校までに台本は、担任からもらっていたのだろう。みんな手に台本を持っていたのだが、誰一人台本を見ることなく堂々とした声で発表していた。卒業の歌も立派に歌い上げた。そして花のアーチをくぐり、卒業していった。

「子どもってすごい」保護者も教職員もただただ感動であった。

四月、子ども達は学年が一つ上がり、新しい学級、新しい担任になったが、みんなになかなか会えなかった。

六月からやっと授業再開。学習の遅れを取り戻すため夏休みが二週間しかなく、猛暑の中、マスクをして汗だくになりながら学校に通っている。でもみんな学校が好き。休み時間になると、暑さに負けず運動場を元気に走り回って遊んでいる。

「子どもは元気だ」

あわてもの

吉中桃子

もう数えきれない遠い記憶の春にも
こんな日々があった
虫の目をもつ幼子たちといっしょに屈み
その日一日だけをおもって眠った
気遣かわれる身体となって
早朝にめざめ、庭におりる

この禁欲の春
花は咲きほこり
鳥が鳴きかわしている
ウコンの葉裏
ウンナンチユウキンレンの葉群
シラサギカヤツリのしろい斑
セイヨウニンジンボクの種
ラセンイの捻じれ

息にのせられなかった言葉をさがして
ゆるゆると廻り
ずんずん小さくなっていく体感
シビラの目をもてば
芥子粒のおおきさになって
預言者のように見渡せるのか
あわてものの私は
いそいで門を閉ざすことにしたのに
人恋しいものたちで溢れている

油断大敵

吉田定一

呪いのような　目に見えない恐怖
今夜も　誰かが死ぬ

あなたかもしれない
俺かも知れない――

髪の毛が逆立ちするほど　嫌な殺人鬼《やつ》が
世界を駆け巡っている

憂いても　哀しんでもいられない
誰もが　いまの「いのち」が愛おしい

この忌まわしい現実は　偶然の産物《もの》なのか
必然の賜物なのか

豊かさを錯覚した　現代社会に潜む油断
その油断を突かれた　ゾンビの賜物《しわざ》かも知れない

まさに油断大敵　呪われし細菌の
感染だけは許してはならない

ああ　抱きしめたいほどコロナで怯える
子どもの「いのち」が愛おしい

明日の未来を欲せんとすれば
いましばらくは　言葉と共に

沈黙を住家にして　閉じ籠もっておこうよう
（呪いのような　目に見えない恐怖よ）

生き抜いて　おまえたちの
行く末を見届けてやる――

己の身体に　感覚の瞳《め》を忍ばせ
精神《こころ》の耳をそっとそばだてながら……

老夫婦の会話 ――ソーシャルディスタンス――

来羅ゆら

―おい、ソーシャル何たらとは何だ?
―足の型のマークのことですよ。
―それは何だ?
―ここに立ちなさいってことですよ。
―どこに立つか決めたやつは何もんだ?
―誰かが決めるんでしょ、知りませんよ。
―誰が決めたかわからんもんの上に立つのか。
―そうですよ。×印はそこにいてはいけないってことらしいですよ。
公園のブランコだって、滑り台だって×ですよ。

―命令されて平気でいるのか?
―命令じゃなくお願いされるんですよ。みんなまもってるんだから。
―みんなと同じことをするのがそのソーシャル何たらか?
―近頃では何でも英語で言うんです。年寄りがうるさく言うと嫌われますよ。
―ソーシャルディレッタントって言ったか?
―ちがいます。ソーシャルディスタンス。入れ歯になると言いにくいわ。

作者紹介

今回ご参加の方々の略歴を一挙掲載致します。
①関西詩人協会以外の所属団体・詩誌
②詩集など出版物

青島江里（あおしま　えり）
①「ＰＯ」「ＭＹＤＥＡＲ」

秋野かよ子（あきの　かよこ）
①「日本現代詩人会」「日本詩人クラブ」「詩人会議」
②『台所は　詩が生まれる』『梟が鳴く―紀伊の八楽章』『細胞のつぶやき』

秋野光子（あきの　みつこ）
①「ＰＯ」
②『電話』『万華鏡』

あたるしましょうご中島省吾（あたるしましょうご　なかしましょうご）
①「ＰＯ」「関西ジャニーズJr」「せんしゅうプレス新聞」
②『入所待ち』『本当にあった児童施設恋愛』『もっともっと幼児に恋してください』

有馬　敲（ありま　たかし）
①「日本現代詩人会」
②『晩年』

石村勇二（いしむら　ゆうじ）
①「リヴィエール」
②『都市』『ガラスの部屋』『精神病とその周辺』

市原礼子（いちはら　れいこ）
①「リヴィエール」「日本詩人クラブ」「群系」
②『愛の谷』『フラクタル』『すべては一匹の猫からはじまった』

犬飼愛生（いぬかい　あおい）
①「日本詩人クラブ」「アフリカ」
②『カンパニュラ』『なにがそんなに悲しいの』『stork mark』

井上良子（いのうえ　よしこ）
①「日本詩人クラブ」
②詩画集『太陽の指環』

岩井　洋（いわい　ひろし）
①「詩人会議」「日本現代詩人会」「日本詩人クラブ」
②『囚人番号』『記憶（メモリアル）』『地下水道』

後　恵子（うしろ　けいこ）
①「日本現代詩人会」「リヴィエール」「プライム」
②『文字の憂愁』『カトマンズのバス』『地球のかたすみで』（共著）

内田　縁（うちだ　ゆかり）
①「リヴィエール」「みえ現代詩」

内部恵子（うちべ　けいこ）
①「鳥」「夢童子」「美術と絵本を考える会」

遠藤カズエ（えんどう　かずえ）
①大阪文学学校、詩研究科小野十三郎に師事。二十代の頃詩誌「α」17号まで発行。個人詩「はがき詩」等発行。現代京都詩話会に以前10年間会員。

大倉　元（おおくら　げん）
①「日本詩人クラブ」「日本現代詩人会」「近江詩人会」
②『石を蹴る』『祖谷』『噛む男』

大西久代（おおにし　ひさよ）
①「日本現代詩人会」
②『風わたる』『海をひらく』

岡本真穂（おかもと　まほ）
①「神戸芸文」
②『神戸蝉しぐれ』『花野』他

岡本光明（おかもと　みつはる）
①「深海魚」
②『方法序説』『四季と時間』『呼吸』

奥村和子（おくむら　かずこ）
①「日本現代詩人会」
②『食卓の風景』『源氏物語の女たち』『恋して、歌ひて、あらがひて（石上露子伝記小説）』

笠原仙一（かさはら　せんいち）
①「ＰＯ」「水脈の会」「詩人会議」他
②『われら憤怒の地にありて』『明日のまほろば～越前武生からの祈り～』『命の火』他

梶谷忠大・予人（かじたに　ただひろ・よじん）
①「ＰＯ」・俳誌「獅林」
②『存在とフォネー』『わがたらちね抄』

かしはらさとる（かしはら　さとる）
②『島おへんろ』『増補版島おへんろ』

柏原充侍（かしはら　みつじ）
①「コールサック社」「詩人会議」「大阪詩人会議・軸」
②『あした空の機嫌がよかったら』

方韋子（かたいこ）
①「現代京都詩話会」「日本民主主義文学会」
②『路逢の詩人へ』

加藤千香子（かとう　ちかこ）
①「日本現代詩人会」
②『ギネスの気象』『塩こおろころ』『ＰＯＥＭＳ症候群』

加納由将（かのう　よしまさ）
①「フクろう」主宰
②『夢想窓』『体内の森』『未来の散歩』『夢見の丘へ』『記憶のしずく』

香山雅代（かやま　まさよ）
①「日本現代詩人会」「日本詩人クラブ」他・詩誌「*Messier*」
②『椿の埋葬』『雁の使い』『風韻』他

河合真規子（かわい　まきこ）
①「万寿詩の会」

川本多紀夫（かわもと　たきお）
①「リヴィエール」

北口汀子（きたぐち　ていこ）
①「リヴィエール」「たまゆら」
②『微象』『天・荒』句集『漆黒の阿』

北村　真（きたむら　しん）
①「詩人会議」「冊」「いのちの籠」
②『始祖鳥』『ひくく　さらに　ひくく』『キハーダ』等

紀ノ国屋　千（きのくにや　せん）
①「竹の花文芸」
②『風の物語』（かみが　しげよし、日本詩人文庫第41集）

久保俊彦（くぼ　としひこ）
①「日本現代詩人会」「横浜詩誌協会・詩のぱれっと」「宮城県詩人会」
②『ベンヤミンの黒鞄』

熊井三郎（くまい　さぶろう）

①「大阪詩人会議・軸」「100円詩集の会」「日本現代詩人会」

②『誰か　いますか』『ベンツ　風にのって』

KA2（けーえーつー）

①「プライム」に寄稿

②『京都小路の風に・電子書籍』　エッセイ『ふらり京歩き』『KA2の近江聞きかじり』

ごしまたま（ごしま　たま）

①「近江詩人会」

②『星のシャワールーム』

後藤幸代（ごとう　さちよ）

①「リヴィエール」

小松原惠子（こまつばら　けいこ）

①「万寿詩の会」

呉屋比呂志（ごや　ひろし）

①「京都詩人会議・鉾」

②『守礼の邦より』『ブーゲンビリアの紅い花』他

近藤八重子（こんどう　やえこ）

①「日本国際詩人協会」「青空会議」

②『海馬の栞』『私の心よ鳥になれ』『ふた粒の涙』

近藤よしはる（こんどう　よしはる）

①「近江詩人会」「未来」「百鳥」

斉藤明典（さいとう　あきのり）

①「大阪詩人会議・軸」

②『逆巻き時計』『歪んだ時計』

嵯峨京子（さが　きょうこ）

①「日本詩人クラブ」「リヴィエール」

②『花がたり』『映像の馬』

阪井達生（さかい　たつお）

①「PO」「大阪詩人会議・軸」

②『おいしい目玉焼きの食べ方』『雨の日のポトフ』

榊　次郎（さかき　じろう）

①「詩人会議」「大阪詩人会議・軸」

②『未完・愛のメッセージ』『新しい記憶の場所へ』

左子真由美（さこ　まゆみ）
①「日本現代詩人会」「日本詩人クラブ」「ＰＯ」
②『愛の手帖』『omokage』『RINKAKU(輪郭)』

佐相憲一（さそう　けんいち）
①「日本詩人クラブ」「日本現代詩人会」「指名手配」
②『もり』『佐相憲一詩集１９８３～２０１８』エッセイ集『バラードの時間―この世界には詩がある』

志田静枝（しだ　しずえ）
①「日本現代作家連盟」「日本現代詩人会」　詩誌「秋桜・コスモス文芸」主宰
②『踊り子の花たち』『夢のあとさき』エッセイ集『渚に寄せる波』

下田喜久美（しもだ　きくみ）
①「日本ペンクラブ」「国際詩人協会」「このて」主宰
②『スタートの朝』『遠くから来た旅人』『シエナの始原』

下前幸一（しもまえ　こういち）
①「ＰＯ」
②『二〇一二年の仮歩道から』

瀬野とし（せの　とし）
①「日本現代詩人会」「詩人会議」「炎樹」
②『なみだみち』『線』『菜の花畑』

田井千尋（たい　ちひろ）
②『綾羅錦綉』

高丸もと子（たかまる　もとこ）
①「ＰＯ」「万寿詩の会」
②『今日からはじまる』『あした』『回帰』

竹内正企（たけうち　まさき）
①「近江詩人会」「ふ～が」
②『竹内正企自選詩集』

田島廣子（たじま　ひろこ）
①「詩人会議」「現代京都詩話会」「ＰＯ」
②『愛　生きるということ』『くらしと命』『時間と私』

田中猫夢（たなか　ねこむ）
②『猫はときどき気化する』

辻田武美（つじた　たけみ）
①「葦」
②『ちくのう村』『無』『道すがら思いはひろがる』

寺西宏之（てらにし　ひろし）
①「樹音」
②『詩のスケッチ』

戸田和樹（とだ　かずき）
①メール通信「文学波」
②『はんなりとした人々』『嘘八景』　童話『ゆーみいちゃん』『ゆーみいちゃんのすてきなともだち』

外村文象（とのむら　ぶんしょう）
①「日本詩人クラブ」「東国」「詩霊」
②『秋の旅』『荒磯』　エッセイ集『ゆかりの文学者との別れ』

永井ますみ（ながい　ますみ）
①「兵庫県現代詩協会」「現代詩神戸」「リヴィエール」
②『いや重け吉事《しよごと》』『永井ますみ詩集　新・日本現代詩文庫』他

中尾彰秀（なかお　あきひで）
①「森羅通信」
②『万樹奏』『五行聖地』『龍の風』

長岡紀子（ながおか　のりこ）
①「現代京都詩話会」「山陰詩人」
②『四面舞踏会』『タンバリン打ち鳴らし　踊れ』

中西　衛（なかにし　まもる）
①「現代京都詩話会」「ＰＯ」
②『積乱雲』『山について』『波濤』

名古きよえ（なこ　きよえ）
①「日本現代詩人会」「日本詩人クラブ」「ラビーン」
②『水源』『消しゴムのような夕日』他、エッセー集『京都・お婆さんのいる風景』

西崎　想（にしざき　そう）
①「ＮＰＯ法人青空会議・月刊青空」
②『四季～生きていく～』

根来眞知子（ねごろ　まちこ）
①「現代京都詩話会」「日本詩人クラブ」
②『雨を見ている』『たずね猫』

根本昌幸（ねもと　まさゆき）
①「日本ペンクラブ」「日本詩人クラブ」「日本音楽著作権協会」
②『桜の季節』『昆虫の家』『荒野に立ちて』

橋爪さち子（はしづめ　さちこ）
①「日本詩人クラブ」「日本現代詩人会」「青い花」
②『時はたつ時はたたない』『乾杯』『葉を煮る』

畑　章夫（はた　あきお）
①「詩杜」
②『猫的平和』『おいど』『ゆうびんや』

畑中暁来雄（はたなか　あきお）
①「詩人会議」
②『青島黄昏慕情』『資本主義万歳』『燭下夜吟』

ハラキン（はらきん）
①「日本現代詩人会」「ＰＯ」
②詩画集『small axe』・詩集『仏教の宣伝』

原　圭治（はら　けいじ）
①「詩人会議」
②『地の蛍』『水の世紀』『原圭治詩集』

平野鈴子（ひらの　すずこ）
①「ＰＯ」

福田ケイ（ふくだ　けい）
①「大阪樟蔭3人会」「ミュゲ」

船越貴穂（ふなこし　たかほ）
①「現代詩神戸研究会」

船曳秀隆（ふなびき　ひでたか）
①「宮沢賢治学会イーハトーブセンター」
②『光を食べてよと囁く螢烏賊』

松原さおり（まつばら　さおり）
①「風鐸」「日本詩人クラブ」会友

松村信人（まつむら　のぶと）
①「日本現代詩人会」「日本詩人クラブ」「イリプスⅡ」
②『伝承』『光受くる日に』『似たような話』

三浦千賀子（みうら　ちかこ）
①「大阪詩人会議・軸」「憧憬」
②『友よ、明日のために』『今日の奇跡』

水崎野里子（みずさき　のりこ）
①「日本詩人クラブ」「日本現代詩人会」
②『水崎野里子詩集』・短歌集『恋歌』

宮崎陽子（みやざき　ようこ）
①「万寿詩の会」

村野由樹（むらの　ゆき）
①「銀河詩手帖」「風の音」
②『渡し船』
森木　林（もりき　りん）
①「日本児童文芸家協会」「日本児童文学者協会」「詩の会・ＲＯＳＡ」
もりたひらく（もりた　ひらく）
①「ポエムの森」個人詩誌「花たちばな」
②『時を喰らった怪獣』『TICK TICK TICK』
森田好子（もりた　よしこ
①「万寿詩の会」
安森ソノ子（やすもり　そのこ）
①「日本ペンクラブ」「日本現代詩人会」「日本詩人クラブ」他
②『香格里拉で舞う』他計九冊。
八幡堅造（やはた　けんぞう）
①「リヴィエール」
山川　茂（やまかわ　しげる）
①「手仕事」「京都詩人会議・鉾」
山下俊子（やました　としこ）
①「日本詩人クラブ」「リヴィエール」「衣」
②『黄色い傘の中で』『ほの見える影』
横田英子（よこた　ひでこ）
①「日本現代詩人会」「日本詩人クラブ」「リヴィエール」
②『川の構図』『風の器』『炎みち』他
吉川悦子（よしかわ　えつこ）
①「万寿詩の会」
吉中桃子（よしなか　ももこ）
①「日本詩人クラブ」「風鐸」「近江詩人会」
吉田定一（よしだ　ていいち）
①「日本現代詩人会」「日本詩人クラブ」
②『You are here』『胸深くする時間』『記憶の中のピアニシモ』他
来羅ゆら
①「ＰＯ」

■「新型コロナウイルス」に関わる情報

２０２０年

1月6日　中国武漢で原因不明の肺炎　厚労省が注意喚起
1月14日　WHO　新型コロナウイルスを確認
1月16日　日本国内で初めて感染確認
1月30日　WHO「国際的な緊急事態」を宣言
2月3日　乗客の感染のクルーズ船　横浜港に入港
2月20日　イベント主催者に「不要不急を避ける」要請
3月2日　学校総て一斉休校を要請
3月9日　専門家会議「三密回避」の呼びかけ
3月13日　新型インフルエンザ等対策特別措置法成立
3月24日　東京オリンピック・パラリンピック　1年程度延期に
3月29日　志村けんさん新型コロナウイルス肺炎で死去
4月7日　7都道府県に緊急事態宣言発令
4月16日　政府が全国に緊急事態宣言を拡大
5月4日　政府「緊急事態宣言」5月31日まで延長
5月14日　緊急事態宣言39県で解除　8都道府県は継続
5月20日　夏の全国高校野球　戦後初の中止決定
5月24日　国内でコロナの流行が広がった2月、感染症専門家を中心に「専門家会議」が置かれ、三密を避けること、新しい生活様式の提言などをしてきたが、この日から経済専門家も加えた新しい「専門家会議」の組織となった。

5月25日　日本全土での緊急事態宣言解除
6月2日　初の「東京アラート」都民に警戒呼びかけ
6月19日　都道府県を跨ぐ移動が全国的に許可される
6月28日　世界の感染者1000万人超える
6月29日　世界の死者50万人超える
7月3日〜31日の、熊本県を中心に九州や中部地方など日本各地で発生した集中豪雨を令和二年七月豪雨と命名された。
7月10日　国内の1日の感染者 400人超える
7月18日　世界の死者 60万人超える
7月22日　GoToトラベル・キャンペーン開始（コロナ対策をした旅行施設で、安全な旅行をしましょう条件に合った旅行へは税金で補助をするという制度）この日、日本での感染者795人と最多
7月29日　国内の感染者1000／日、人超 岩手初確認
8月8日　大阪の公立小中高の夏休みはこの日から24日までとなっているが、地域により日程は違っている。
8月11日　世界の感染者2000万人を超える
8月15日　ヨーロッパで感染再拡大受けた措置相次ぐ
8月20日　対策分科会 尾身会長「流行はピークに達したとみられる」
8月28日　新型コロナ感染者への対応　ルール政府が新型コロナ対策の新たな方針発表　安倍首相は辞任を表明した。
9月9日　世界の製薬会社など9社が新型コロナワクチン開発で〝安全最優先〟を宣言。アストラゼネカ、ワクチン臨床試験を中断、13日より再開始。
9月16日　菅義偉内閣の発足

■ 現時点のコロナウイルス世界状況

新型コロナウイルスは世界に蔓延し、止むところがない。【欧州は集中治療体制に限界】という文字が新聞紙面に躍っている。日本は今、感染者数は微増ながら、経済活動もという動きができるのが不思議とされる状況だ。

２０２０年10月末日現在感染者数や死者数を表にしてみた。

下の資料は、11月１日手元に届けられた「神戸新聞第４面」を書きだしたもので、多いとされている国と感染者数、死者数の一覧表。米ジョンズ・ホプキンズ大学の集計10月31日現在のものによる。

左のグラフはそれを利用して、編集委員・永井がエクセルで独自に作ったものである。

感染者の多い国	感染者数	死亡者数
アメリカ	9,047,600	229,700
インド	8,137,100	121,600
ブラジル	5,516,600	159,400
ロシア	1,606,200	27,700
フランス	1,377,300	36,600
スペイン	1,185,600	35,800
アルゼンチン	1,157,100	30,700
コロンビア	1,053,100	31,400
イギリス	992,800	46,300
メキシコ	918,800	91,200
日本（参考）	101,500	1,700
その他	14,535,300	377,400
合計	45,629,000	1,189,500

（2020年10月31日現在）

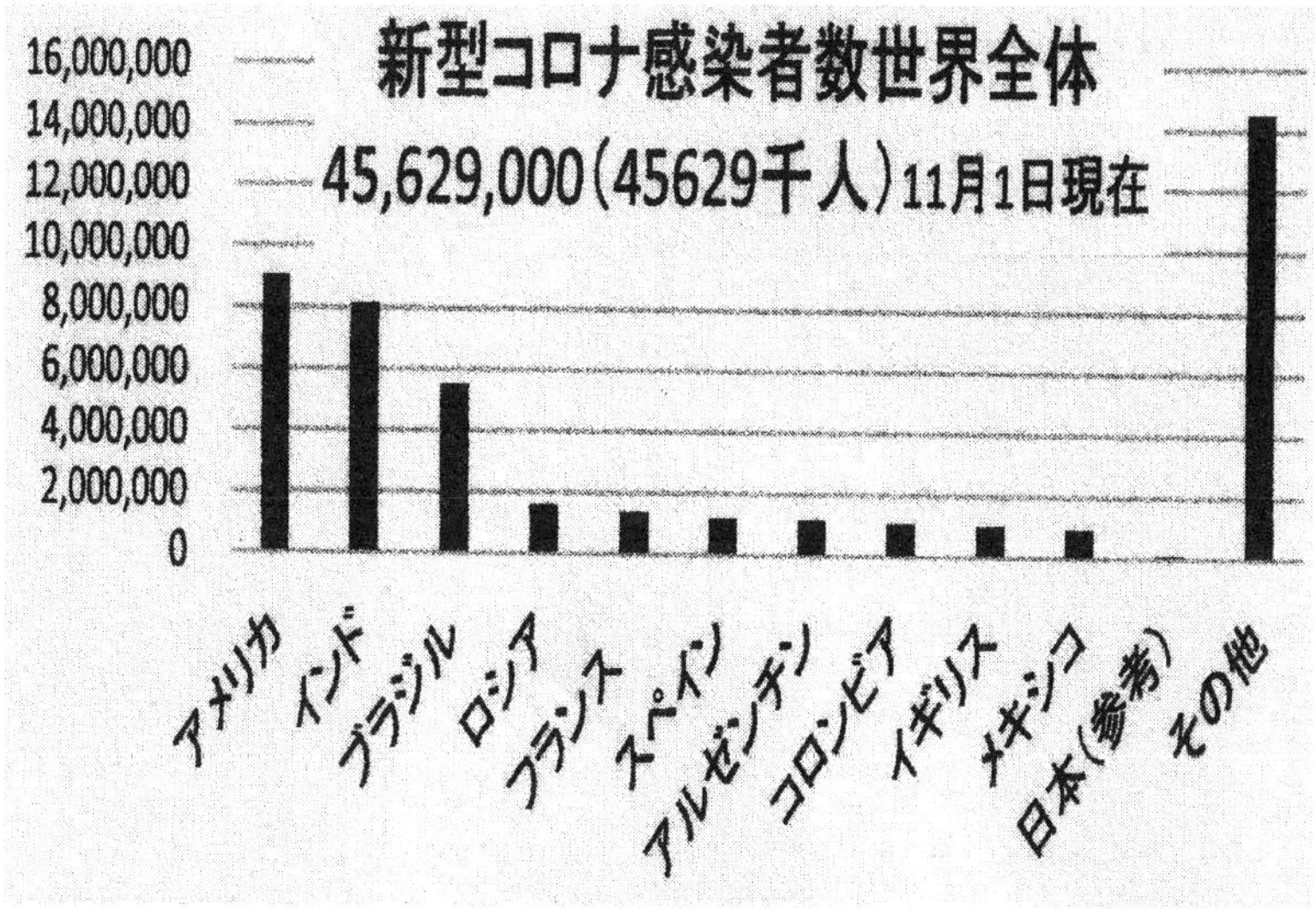
新型コロナ感染者数世界全体
45,629,000（45629千人）11月1日現在
16,000,000
14,000,000
12,000,000
10,000,000
8,000,000
6,000,000
4,000,000
2,000,000
0
アメリカ
インド
ブラジル
ロシア
フランス
スペイン
アルゼンチン
コロンビア
イギリス
メキシコ
日本（参考）
その他

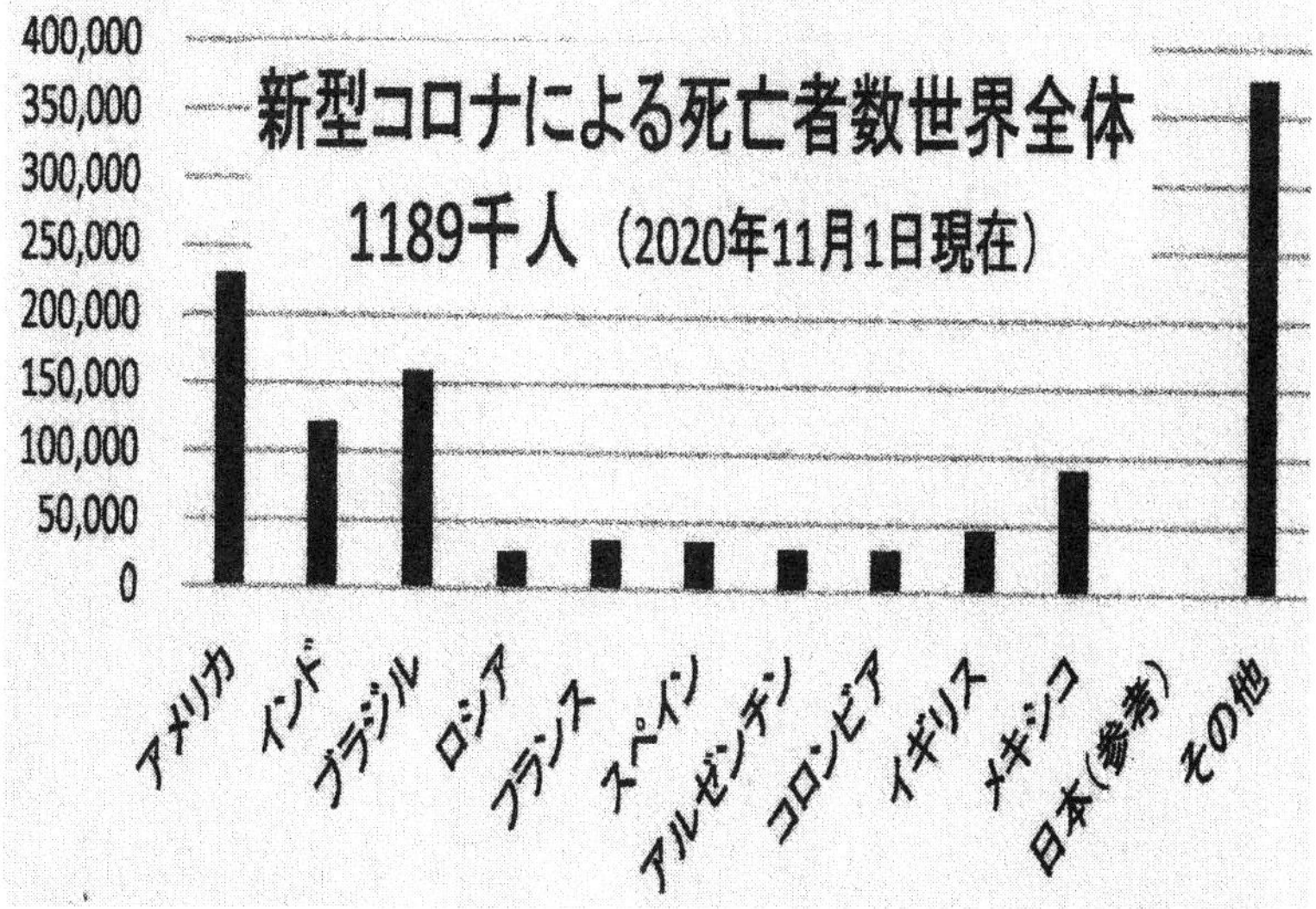
新型コロナによる死亡者数世界全体
1189千人 （2020年11月1日現在）
400,000
350,000
300,000
250,000
200,000
150,000
100,000
50,000
0
アメリカ
インド
ブラジル
ロシア
フランス
スペイン
アルゼンチン
コロンビア
イギリス
メキシコ
日本（参考）
その他

「生きること」と「表現すること」

北村　真

アンソロジーに寄せられた作品を幾度か読み返しました。それぞれに味わい深い作品でした。言うまでもないことですが、このアンソロジーは、コロナ禍のさなかに提案され、コロナ禍のさなかに募集され、コロナ禍のさなかに出版されました。しかも、今もなお、世界のコロナ禍が、どのように拡大し、どのような終息を迎えるのか、まだ、だれにも見通すことができないのが現状です。

したがって、作品の多くは、この時代を生きる「不安や怯えや孤独」それに「怒りや虚無感」といった感情に取り囲まれたなかで創作され、それゆえ、「生きることの深い気付きや希望」に届こうとしての創作であったと思います。

ふと、垣間見えた人間のもろさや逞しさ。ふと、感じた希望のようなもの。ふと、触れたあたり前の暮しの持つ輝き。ふと、……。今まで私たちが経験したことのない災禍のなかで、言葉では言い表せないものを、言葉で表そうとする行為であったのではないでしょうか。

それゆえ、このアンソロジーは「生きてゆくということはどういうことなのか」「表現するとはいかなる営みなのか」という問いを、詩や短歌や俳句や漢詩やエッセイなど表現方法は異なっていても、どの作品も奥深くに含んでいます。このアンソロジーを読んでいただいた人に、わたしたちの「問いかけ」が届くことを願っています。

編集を終えて

市原礼子

コロナでイベントが軒並み中止に追い込まれていった時に、代わりにアンソロジーを作ろうじゃないかという声があがり、急遽イベント係が編集委員となった。急な立ち上げだったためか周知が至らず、参加者が少なく再募集をかけることになった。初めは心配したが、多くの方々に参加していただけたことでほっとしている。

経費の関係からとにかく安くということで、できるだけ編集部でやることになり、手分けして手書き原稿をワードに起こした。編集の方向や表紙などの装丁については委員それぞれに思いがあり、編集会議で忌憚のない意見を交わした。最終的に、版元の竹林館におまかせすることになった。

出来上がってみると、コロナ禍での切実な声が様々な作品に反映されていて、記録としても詩作品としてもよいアンソロジーになっていると感じる。このアンソロジーが、書いた人だけでなく読んだ人にも力を与えてくれることを、願っています。

災害を記憶する文学の大切さ

榊　次郎

すでに世界の死者数は百万人を超え、その終息がいつになるのかさえ見いだせずにいる。しかし、コロナ禍も永遠に続くわけではありません。様々な変化をもたらしつつ、ある時期を境に、私たちは通常の生活を取り戻していくことでしょう。そうなったら感染病の関連本などは必要がなくなるのでしょうか。そんなことはありません。カミュやヴォルテールの作品などは感染病の時代以外にも読み継がれてきました。特に都市では、危機を乗り越えて繁栄するたびに、その前の記憶が塗りつぶされ、新しい建物が建ち、また災害に襲われることを繰り返している。足元には過去の災害で犠牲になった人の遺体が埋まっているかもしれない。という想像力さえ、日常の多忙さの中で忘れ去られていくものです。それゆえに「記憶に訴える」ということこそ、文学の可能性ではないだろうか。実際の災害を記録した映像は強烈ですが、しかし、時が経って、「ああ、過去にはこんな災害があったんだ」と思い出し、確認するだけに終わってしまいます。それが生々しい言葉だけで描かれたものからは強く呼び覚まされる。これこそが言葉の力であり、文学の使命と言えるのではないだろうか。次の時代を生きる人々の為に、これからも記憶に残る作品を生み出していきましょう。

ピンチをチャンスに

永井ますみ

コロナに感染しないためには人に近づくな、集まるな、口角泡を飛ばして議論をするな。というのがこのところの世界の非人間的な風潮である。

関西詩人協会でも、いろいろなイベントを軒並み中止せざるを得なくなったとき、文字での交流ならという話になったのは前記担当者のいうところである。イベント会場に足を運べない高齢者を含む身体弱者もこれなら参加できる。

三年毎に刊行している『関西詩人協会自選詩集』は、各自がフリーに思うことを詩にする、あるいは最近の一番のお気に入りの詩で参加するのだが、このような一つのテーマ「コロナ」に対する詩を書くというのも、自分に対するチャレンジだと思う。

ピンチをチャンスに繋げよう。テーマに対して自分はどのような思いを持っているかを深く掘りさげなければ創作は難しい。浮いてくる形象の中にやがて意味を纏った言葉が浮かんでくる。そのようなものをこの詩集の中にいくつも見つけることができた。これは自分の詩の巾を広げるまさにチャンスであった。

このコロナ蔓延の状況は、今迄のモーレツに働くことを良きこととする風潮に否を唱えていると思う。

「自分の体調に敏感になろう」というエライ人の言葉を十一月半ばのテレビでようやく聞いた。飲食を共にするな、口角泡を飛ばして議論をするなという前に、この言葉が来るべきであると常々考えていたので、我が意を得たと思った。ここまでピンチが迫ってきたのだから、「ゆとりと思い遣り」を取り込むチャンスとしたいものだ。

このアンソロジー参加の要件は「会員であること」なので、これをきっかけに、要件を満たすためにと声をかけて、入会をしていただいた方が三名もある。会員の減少傾向にある当会にとっては、まさにピンチをチャンスにしたといえる。

振り返って、これからも何かイベントをする時は丁寧なお誘いをして（これも交流のきっかけにすることができる）チャンスを増やしていこうと思う。

表題作成過程について

中西　衛

詩集発刊の委員の方より詩集の表題を書くように、との連絡がありお受けすることとなりました。大まかなことは言ってくださるのですが、どういう風なものを書いていいのやら、中國の古い時代の、漢字としての形、意味が揃った時代の字、所謂、「篆書」のなかから「孤」と「難」を、そして「隷書」の中から「浪」を選択しどうやら書きおえました。

編集委員

北村　真
市原礼子
榊　次郎
永井ますみ
中西　衛

関西詩人協会 2020 緊急アンソロジー
いのちを抱いて歩もう — コロナを克《こ》えて！

2021年1月10日　第1刷発行
編　集　関西詩人協会
発行人　左子真由美
発行所　㈱竹林館
〒530-0044　大阪市北区東天満 2-9-4　千代田ビル東館 7 階 FG
Tel　06-4801-6111　Fax　06-4801-6112
郵便振替　00980-9-44593　URL http://www.chikurinkan.co.jp
印刷・製本　㈲スズトウシャドウ印刷
〒927-1215　石川県珠洲市上戸町北方ろ -75

ISBN978-4-86000-442-2　C0092